CAPITAINE VERTU

Lucie Taïeb

CAPITAINE VERTU

Éditions de l'Ogre

Ogre n°48

Studio d'édition : Abble

ISBN : 978-2-37756-139-1

Diffusion-distribution : Harmonia Mundi
www.editionsdelogre.fr
Éditions de l'Ogre
110, rue Réaumur
75002 Paris

DE LA MÊME AUTEURE

Les Échappées, roman, Paris, Éditions de l'Ogre, 2019 (Prix Wepler 2019)

Freshkills, Recycler la terre, essai, Montréal, Éditions Varia, Nota Bene, 2019 (rééd. Lille, Éditions La Contre Allée, 2020)

Peuplié, poésie, Nantes, Lanskine, 2019

« D'un temps profond », in Collectif, *Zones blanches*, Marseille, Le bec en l'air, 2018

depuis Distance, poésie, Nantes, Lanskine, 2017

Safe, roman, Paris, Éditions de l'Ogre, 2016

La retenue, poésie, Nantes, Lanskine, 2015

Tout aura brûlé, poésie, Nantes, Les Inaperçus, 2013

Territoires de mémoire, l'écriture poétique à l'épreuve de la violence politique après 1945, essai, Paris, Éditions Classiques Garnier, « Perspectives comparatistes », 2012

Dans les années 1860, Courbet consacra plusieurs peintures à des scènes de chasse dont le thème récurrent est la mort d'animaux blessés. La plus célèbre d'entre elles montre l'agonie d'un cerf gisant au sol, épuisé, tandis qu'un chasseur le frappe avec son fouet, entouré de chiens impatients de le démembrer. Cette toile est une allégorie troublante et extraordinairement intense de la défaite de la révolution de 1848. Le même procédé allégorique caractérise plusieurs tableaux qu'il peignit après l'écrasement de la Commune.

Enzo Traverso, *Mélancolie de gauche*

Vertu, n. com. f., du latin *virtus* :
« qualité distincte de l'homme, mérite, valeur »,
« qualités morales », « vigueur morale, énergie »,
« bravoure, courage, vaillance ».

Rêve de Vertu

Dans sa tête loge une armée. Il n'y paraît pas, cependant. Elle est allongée dans des draps d'un blanc frais, quarante ans et des poussières, ses cheveux châtain clair en bataille sur sa tempe, plongée dans le profond sommeil des rêves. Chaque nuit, la même lutte; chaque matin, le même oubli. Dans son rêve, un soleil éclatant, pavés d'après la pluie, lavés, luisants. Elle est seule sur la grande avenue, aucun trafic, seulement l'Arc, en haut, et la Concorde en bas. On est, dans un rêve, partout, et tout est « soi ».

Le sol tremble vaguement et les pavés se disjoignent, mais c'est ailleurs et elle ne peut pas savoir. Qui serait avec elle dans la chambre où elle repose verrait son visage s'assombrir. Il n'y a personne. Seulement les pavés qui se disjoignent et laissent deviner quelque chose de noir et de granuleux, du goudron, de la terre peut-être. Elle s'est agenouillée, elle regarde le sol de très près, un long moment, absorbée, faisant abstraction de tout le reste, un peu plus et elle collerait l'oreille contre les pavés pour savoir d'où vient le galop, quelque chose a tremblé, s'est ébranlé, elle a ressenti la secousse, l'image du rêve pourrait se briser comme une vitre, laisser s'engouffrer un grand souffle vide, mais au lieu de cela, lorsqu'elle relève la tête, ce qu'elle aperçoit, à l'horizon, ce sont des hommes. Principalement des hommes, mais aussi des femmes et quelques enfants.

Ils ont surgi des profondeurs de la terre, des tunnels et des souterrains, de tous les lieux de misère et d'ombre où ils avaient trouvé refuge. Ils émergent comme des travailleurs ressortent d'une mine, épuisés, meurtris, après un coup de grisou, ils ont le même visage noir de suie, mais nulle fatigue, nulle blessure. Le coup de grisou, le tremblement, c'est eux. En nombre venus des profondeurs de la terre, c'est là sa terreur, son désir. Ils n'ont pas avec eux de banderoles, aucun mot d'ordre, plus personne dans ce pays ne demande rien, ne refuse rien depuis longtemps.

C'est elle qui donne l'alarme.

Elle est immobile, à l'endroit exact où le rêve a commencé, figée dans le soleil éclatant, elle regarde monter la marée sombre et vindicative, elle attend qu'apparaisse le seul adversaire possible, et les voilà enfin, les blindés blancs, les hommes harnachés, on a pris son appel au sérieux, depuis des décennies on n'a plus vu personne dans la rue, mais on sait ce qu'il faut faire. C'est bien réel, songe l'un des hommes, l'un des plus jeunes, qui n'a jamais connu que des simulations. Elle entend ses moindres pensées et en pensée elle lui répond : c'est bien réel, oui, tiens-toi prêt. Pourtant ceux d'en bas semblent désarmés. Ils avancent comme au ralenti, on va se retrouver idiots sur les réseaux à avoir voulu arrêter de simples danseurs de rue, songe un autre, qui espère encore faire partie d'un spectacle qu'on filmerait à son insu.

À l'endroit précis où elle se trouvait, ils s'alignent, matraque dans une main, bouclier dans l'autre.

Elle regarde la masse du peuple souterrain qui avance lentement vers les représentants de l'ordre, ils ont le visage impassible de ceux que rien n'arrête, aucune arme visible, mais chacun sait à ce moment précis qu'ils ont décidé de ne plus endurer. Ce n'est pas une révolution, songe-t-elle, c'est une catastrophe naturelle : ils sont le vent qui dévaste, la mer qui détruit les rivages, la pluie diluvienne et les torrents de boue, ils sont le châtiment et la justice, ils sont la fin. Mais s'ils n'ont pas un plan solide, ils vont se faire massacrer.

Nous avons un plan solide et tu es bien placée pour le savoir, répondent-ils, dans la voix de son rêve. Elle fait mine de ne pas les entendre. Elle est trop occupée, depuis un point de vue désormais indéterminé, depuis l'autre côté de ses yeux clos, sans doute, à observer la scène. Car la foule désormais est parvenue au point de contact avec la police. Certains des jeunes gars tremblent, ils n'ont jamais rien vu de pareil, sinon dans les archives qu'on leur montre en formation. Et voilà qu'avancent vers eux des hommes, des femmes, quelques enfants, des corps debout, des poings serrés, des regards droits, toute une chair compacte irriguée du même sang de la révolte ; c'est dans cette foule qu'il va falloir charger, c'est eux qu'il va falloir, incessamment, et par tous les moyens à leur disposition, disperser, écraser, il va falloir faire preuve de pédagogie, ils le savent, c'est-à-dire leur apprendre à renoncer, définitivement, à la rue. Ils distinguent les premiers visages, les corps sont de plus en plus proches, leur cœur bat de plus en plus fort, de peur, d'excitation, de honte, peut-être. Ce n'est pas un sentiment, rectifie l'un d'entre eux. Juste l'adrénaline. La chimie. Un grand bon shoot avant l'affrontement.

Nul ne sait pourquoi son esprit lui sert, nuit après nuit, ce même rêve, ni pourquoi au matin elle l'efface. Sans doute, il faut y voir l'écho troublé de la répression violente qui, quelques années auparavant, a définitivement mis fin à toute velléité de manifestation publique.

Ils sont face à face désormais. Un élan de la foule, et les hommes harnachés chargeront. Aucune hésitation n'est permise. Mais la foule demeure immobile. Ils se sont arrêtés à seulement quelques mètres du cordon, ne disent rien; ils attendent. De part et d'autre. Ils se font face sans un geste. Le seul mouvement est celui du soleil dans le ciel, de leurs ombres sur le sol. On entendrait presque tourner la terre et la respiration des enfants endormis dans leur chambre. Nous sommes là depuis si longtemps, nous luttons depuis si longtemps, même lorsque vous ne nous voyiez plus, nous étions là toujours, comme une mauvaise conscience, comme une pensée que l'on enfouit, c'est de notre peine qu'est faite la trame de votre monde. Nous ne renoncerons pas.

Une voix, c'est la sienne, dit qu'il ne s'agit pas de fraterniser, mais d'abdiquer maintenant. Prendre acte de la fin d'un monde. Mettre un genou à terre, déposer les armes. C'est ce qu'elle dit à ceux-là mêmes qu'elle a fait venir. Et comme ils sont façonnés de la matière la plus intime de son être, ils se soumettent.

Les forces de l'ordre rompent l'immobilité du face-à-face, posent à terre matraque et boucliers, et les mains enfin libres défont leur casque, leur plastron, chaque pièce défensive et offensive de leur équipement; presque entièrement ils se désapent, devant la foule silencieuse. Les voici bras nus, tête nue, visage découvert, au cœur d'une opération qu'ils n'ont jamais répétée, pour laquelle ils n'ont reçu aucun ordre, une action qui les dépasse et les laissent interdits, les voici qui approchent à présent et qui tendent armes et protection à ceux qui viennent pour en découdre et qui, forces vives d'un ordre nouveau, revêtent le harnachement dont les autres se sont défaits. Il y a ce jeune policier en tee-shirt blanc dont elle voit maintenant très distinctement le visage. Il n'a pas trente ans, des yeux très clairs et francs, il la regarde lui aussi, s'adresse à elle: tu n'as pas honte, capitaine? Puis il répète cette unique phrase, sur le ton de la remontrance, sur le ton de la plaisanterie, il la répète avec sérieux, il la dit encore et encore, la fait résonner tandis que sur l'avenue les hommes, les femmes, les enfants, de nouveau avancent. Le jour s'est fait entièrement dans la chambre de la rêveuse, ils sont l'armée surgie des profondeurs de la terre, celle qui loge dans sa tête et se dissipe à son réveil.

Brigade des fraudes

Lorsqu'à la brigade des fraudes nous vîmes arriver le capitaine Vertu, nous avons su d'emblée que sa réputation n'était pas usurpée. Depuis longtemps, plus personne ne songeait même à sourire de ce patronyme présomptueux, tant elle incarnait son nom, de la manière la plus rigoureuse qui fût et la plus dépourvue de grandiloquence.

Nous ne pouvons pas dire que nous ayons jamais vraiment appris à l'aimer ni surtout à la comprendre, car, malgré ses journées entières passées à la brigade, première arrivée, dernière partie, elle parlait peu et n'avait jamais cherché à se faire apprécier par aucun de nous.

Le mot « affinités » lui semblait inconnu ; toute familiarité lui faisait horreur. Et même lorsqu'en certaines rares occasions elle consentait à partager avec nous un moment de convivialité, nous n'étions pas dupes : elle faisait juste le nécessaire pour maintenir la cohésion de l'équipe, pour ne pas s'éloigner totalement de ses hommes, de ses collègues, ne pas leur demeurer absolument étrangère. Elle s'asseyait à notre table, riait à nos plaisanteries, levait son verre en même temps que nous, qui, de notre mieux, lui cachions notre malaise, car elle nous observait, elle ne pouvait faire autre chose que de regarder fonctionner, dans ce cadre informel, l'équipe qu'il lui avait été donné de diriger et qu'elle voulait, à son image, d'une efficacité implacable, d'une probité sans tache.

Du capitaine Vertu on disait en effet, depuis son entrée dans la police, qu'elle était irréprochable mais surtout tenace. On ne savait sinon rien d'elle. Nous avions fini par penser, comme tous les autres avant nous, qu'elle n'avait pas de vie privée, que sa seule vie était ici, avec nous : les enquêtes, l'équipe, le job.

On disait d'elle, aussi, qu'elle était froide. D'une indifférence glaçante vis-à-vis de ses collègues, vis-à-vis des victimes. Elle mettait, par exemple, un point d'honneur à ne jamais toucher personne, à ne jamais serrer de main, elle n'avait pas ce geste que d'autres avaient parfois, face à une victime défaite, face à un collègue inquiet, poser sa main sur votre épaule, sur votre avant-bras. Jamais. À une seule exception près : elle touchait parfois les suspects, du bout des doigts, dans les phases les plus délicates d'un interrogatoire qui n'avançait pas, comme si sa main, sismographe, allait lui dire où on en était, comment avancer, maintenant, et de quoi était fait l'autre, en face d'elle, qui débitait mensonge sur mensonge, disposé à tenir le temps qu'il faudrait. On avait coutume de se dire entre collègues : « si Vertu t'a frôlé, c'est qu'elle se méfie de toi » et, sans doute, il y avait dans cette plaisanterie un fond de vérité.

Elle ne haussait jamais la voix, elle ne cherchait pas à s'imposer. Chacun savait, de manière immédiate, qu'elle n'avait qu'une obsession : résoudre l'enquête, quelle que soit l'enquête, quel que soit l'enjeu.

Elle ne déviait jamais, elle ne semblait pas voir ses interlocuteurs, ses suspects, elle était insensible à toute tentative de séduction – il y en avait – ou d'intimidation. Les prières, les pleurs, les menaces voilées ou directes, tout ce à quoi l'on s'expose quand on a affaire à des fraudeurs et qu'on entend les démasquer n'avait sur elle aucune prise. Les escrocs possédaient ce don instinctif de détecter, chez les enquêteurs, le ressort secret par lequel les saisir, la faille intime qui permettrait d'assoupir leur vigilance, de détourner leur attention et, si besoin était, de gagner leur consentement.

Vertu n'avait aucune faille, car elle était sans désir, sans aspiration, sans histoire.

Si elle se levait le matin, c'était avec une seule idée en tête : l'affaire en cours.

Le capitaine Vertu, nous confia un jour le lieutenant Blanc qui avait servi sous ses ordres pendant près de dix ans, croyait en quelque sorte que chaque enquête qu'elle devait résoudre était la pièce d'un puzzle, et qu'une fois toutes les enquêtes résolues elle obtiendrait une forme de réponse, une image claire et précise de trafics en apparence disparates et pourtant tous liés, une radiographie profonde du mal, qui lui dirait comment poursuivre la lutte, qui lui permettrait d'atteindre ce qui devait être son horizon ultime et inaccessible, le démantèlement des réseaux en cours et à venir, la chute définitive de ceux qui se trouvaient au sommet des hiérarchies multiples et ramifiées du crime.

Sans doute, l'image n'apparaîtrait jamais, la tâche était infinie, mais c'était ainsi. Il fallait bien un horizon pour ne pas se perdre complètement, ne pas céder au découragement ; ainsi, pour le dire simplement : Vertu luttait. C'était là son unique mouvement, qui lui tenait lieu de trait de caractère. Elle avait choisi son terrain de lutte, non pas les pulsions individuelles, les souillures de l'âme, les déviances et les perversions, les crimes passionnels ou crapuleux, le sang, le sperme et la sueur, mais, parce qu'il lui avait semblé que c'était le ressort d'une noirceur systématique et organisée qu'il était donc possible de contrer systématiquement, l'argent.

Petite femme sans grâce aux cheveux filasse attachés en une queue-de-cheval qui semblait toujours sur le point de devoir se défaire et qui pourtant tenait, elle avait en outre le don de passer absolument inaperçue.

Alors qu'ils étaient un jour sur le point d'appréhender un homme dangereux, nerveux et imprévisible, et qui, prétendait-il, flairait les flics comme un porc sent la truffe, elle était entrée, seule, dans le bar où il buvait un verre, s'était assise au comptoir, juste à côté de lui qui, le dos tourné, poursuivait la conversation en cours. Elle avait commandé à boire, sans que personne lui adresse un regard, s'était approchée plus près encore de sa proie et, dans un murmure, lui avait demandé de la suivre, lui disant qu'il était cerné, qu'elle était armée, qu'il était inutile d'essayer de fuir. Il l'avait suivie, docile, avec cet air qu'ils avaient tous avec elle lorsqu'ils se faisaient prendre : un air de grande détente et de lassitude, comme si enfin ils avaient trouvé quelque chose ou quelqu'un auprès de qui se reposer, une personne de confiance, avec qui toute comédie était vaine, inutile, pas seulement parce que Vertu n'était pas dupe, mais surtout parce qu'elle les voyait tels qu'ils étaient et que, d'une certaine manière, eux aussi pouvaient se reconnaître en elle.

Évidemment, on ne se l'expliquait pas.

Et jamais on n'aurait abordé le sujet avec elle. Mais parfois, à mots voilés, certains avaient fait allusion au fait que c'était heureux, que c'était même une chance, en quelque sorte, que Vertu, qui comprenait ces hommes et anticipait si singulièrement le moindre de leur geste, formait avant eux la pensée qui allait leur venir à l'esprit, et qui, surtout, suivait la trace de l'argent avec une forme de prescience qui échappait à l'entendement – oui, c'était heureux qu'elle fût de notre côté, et non du leur.

Sans doute, cela tenait à peu de chose. Tous nous savions qu'elle avait des secrets, des secrets qui n'étaient pas comme les nôtres. D'une certaine manière, cela se voyait, mais personne n'aurait su dire à quoi. Rien ne signalait la vie à double fond de Vertu ; elle était ni plus ni moins taciturne qu'un autre flic taciturne. Sans doute, elle n'avait jamais été spécialement loquace. Et si par hasard, à l'extérieur de la brigade, on l'interrogeait sur son travail, elle n'expliquait pas de quoi il était question. Elle répugnait toujours à parler d'elle-même, comme si déjà, c'était se trahir. Elle répondait, poliment, simplement : « Je suis flic. » Alors, elle voyait l'étonnement, toujours, et parfois la haine. Cela ne la dérangeait pas.

Lorsqu'elle voyait la haine, elle n'essayait pas de la détourner. Elle ne précisait pas, par exemple, qu'elle n'avait plus mis les pieds dans la rue depuis des années. Elle voyait la haine, elle la regardait, impassible. Elle la recevait. Elle offrait son visage et son corps à la détestation stupéfaite et muette de son interlocuteur.

Elle songeait : les flics aussi vous haïssent. Elle voulait bien prendre sur elle une part de cette haine qui ne la concernait plus vraiment. Cela lui allait. Elle préférait, même. Elle avait vu des visages s'éclairer, les rares fois où elle expliquait précisément en quoi consistait son travail : la fraude. Les petites arnaques, l'usurpation d'identité, mais aussi le banditisme en col blanc. Le blanchiment.

Cela oui, les gens appréciaient. On s'intéressait à elle, alors, on lui demandait des détails. On la trouvait admirable, soudain. Cet enthousiasme lui répugnait. Pour tout dire, elle le méprisait. Elle préférait la haine, vraiment.

Elle pensait aux collègues de la rue, ceux qui descendaient sur le pavé armés jusqu'aux dents, avec des directives contradictoires, ceux qu'on jetait en pâture à des foules écumantes de colère, avec l'ordre de maintenir l'ordre, et qui blessaient, qui mutilaient, qui tabassaient, ceux à qui, depuis longtemps, plus personne ne trouvait d'excuse.

Mais Vertu savait que la haine vous tient. Elle est comme une colonne vertébrale, comme une armure, c'est le seul remède à la peur, celui qui étaye vos jambes quand elles refusent de vous porter, celui qui vous fait avancer, qui vous maintient debout. Elle songeait aussi à tout ce gâchis de haine, toute cette haine mal perdue, pour rien, elle imaginait un grand canal de la haine, de toutes les haines confondues, dirigées contre une seule et même cible.

Vertu rêvait d'embrasement.

Elle était flic et elle rêvait de chaos.

On comprendra qu'elle fût peu loquace.

On le comprendra d'autant mieux qu'au cours de ces années où l'embrasement finit par advenir, elle était officiellement dans le camp de ceux qui le réprimèrent. Ainsi, quand elle disait, simplement, poliment : « Je suis flic » et qu'elle voyait, en face, la pupille se dilater brusquement, la bouche s'entrouvrir, elle accueillait la haine avec douceur. Je sais, on ne dirait pas, pensait-elle, mais je suis flic pourtant. Oui. Vraiment. Cela arrivait rarement, cependant, car ceux à qui Vertu adressait la parole étaient généralement flics eux-mêmes, ou truands.

L'affaire Cavalcanti

Cavalcanti était le nom par lequel la démission du capitaine Vertu était advenue.

C'était avant la répression, quand les choses commençaient cependant à sentir sérieusement le roussi. Nous n'avions pas encore de sang sur les mains. Nous n'avions pas encore de vies innocentes sur la conscience. C'est ce qui se disait parmi nous, mais chacun savait que cela était faux.

Vertu, de toute façon, n'était pas concernée par le désordre de la rue. Elle bouclait ses enquêtes, les unes après les autres, avec une sorte de hargne froide, d'efficacité implacable. Vertu ne flanchait pas. Vertu ne faiblissait jamais. Vertu ne reculait devant rien. Vertu, contrairement à d'autres collègues, ne désespérait pas. Elle ne se donnait pas la mort. Elle ne cédait jamais. Voilà ce qu'était Vertu, dans le climat délétère où nous travaillions alors, dans l'abandon, dans le mépris où le seul mot de « police » vous plongeait. Vertu s'en foutait. Elle ne connaissait que le travail. Elle ne connaissait que le courage. Aussi, personne, lorsqu'elle était encore parmi nous, n'aurait pu ne serait-ce qu'envisager le départ de Vertu.

Et même si, finalement, il faudrait peu de temps pour qu'après sa défection nous l'effacions complètement de nos mémoires, nous avions dû savoir qu'il s'était noué là, sous nos yeux, à notre insu, une histoire trouble à laquelle nous aurions dû accorder davantage d'attention, même si nous ne la comprenions pas.

Cela avait commencé comme une affaire mineure, inconséquente, le genre d'affaires sans intérêt dont quelqu'un doit bien se charger pourtant. Vertu, qui, à l'époque, venait d'arriver dans le service, avait reçu la victime, une femme jeune et visiblement fragile, inquiète, ébranlée. Du bout du couloir, Vertu l'avait vue venir. Sa peur d'être à la police, comme si elle avait fait quelque chose de répréhensible. Sa crainte du soupçon, ou qu'on ne la croie pas. Cette angoisse qui lui vrillait la tête. Puis elle s'était assise et avait raconté son histoire.

Elle s'appelait Camille D. et elle avait rencontré un homme du nom de Cavalcanti.

L'homme était séduisant et il l'avait séduite. Camille avait eu confiance en lui, d'emblée, une forme de confiance aveugle parce qu'il était, pensait-elle, « vulnérable et généreux », avait précisé Camille au capitaine Vertu, en s'étouffant un peu. De rire. De honte. Vulnérable et généreux. Des boucles noires. Et un sourire particulier qui ne le quittait presque jamais. Un sourire enfantin, déplacé sur le visage d'un homme adulte. Et d'une certaine manière, irrésistible :

on ne voulait jamais qu'il arrête de sourire. Elle ne souhaitait pas s'attarder sur cette phase de séduction, sur l'amour. Ce n'était pas de cela qu'il était question, n'est-ce pas, ce n'était pas la cause de sa venue, de sa plainte, ni même l'objet de la trahison.

L'homme, dit-elle d'une voix mal assurée, était un escroc. C'est le seul récit qu'elle était venue faire. Quelques mois après leur rencontre, à l'issue d'un dîner insouciant et joyeux, il avait pris un regard grave qu'elle ne lui connaissait pas.

Il avait une demande à lui faire : il s'en voulait de lui demander cela, mais elle était la seule. Il s'agissait d'argent, certes, mais seulement en apparence. Camille comprit instantanément ce qu'il attendait d'elle. L'argent n'était qu'un prétexte, elle le sentait bien, il n'avait besoin de rien lui dire. Il attendait d'elle en vérité un geste déraisonnable, désintéressé. Quelque chose d'assez fou pour se montrer l'un à l'autre, et à tous les autres aussi, qu'on vivait selon d'autres lois. Celles de l'exaltation et du risque absolu. Celle de la confiance sans filet.

Il était donc dans cette malchance, Cavalcanti, et il avait besoin, un besoin urgent, vital, d'être renfloué. Il en avait besoin, mais personne pour le secourir, il était seul au monde depuis si longtemps, et il pouvait emprunter lui-même, il était naturellement viable, solvable, mais pour la caution, il ne voulait demander à personne d'autre qu'à Camille. C'était elle qu'il avait choisie, parce qu'elle était « gracieuse », avait-il dit. Elle se rappelait le mot. Elle le répétait à Vertu avec une sorte d'incrédulité. Gracieuse. Elle le sauverait, si elle acceptait cela : l'accompagner à la banque, à la fin de la semaine. Signer avec lui une demande de prêt qu'il rembourserait sans faillir.

Comme si elle avait été de très longue date préparée à cette demande, Camille sut précisément comment elle devait réagir. Elle connaissait les règles implicites de la conduite à tenir : ne poser aucune question. Aucune question blessante, surtout. Ne pas s'inquiéter du montant, du remboursement. Ne pas s'inquiéter. Faire confiance. Acquiescer. Se sentir honorée, elle, de sa confiance à lui, et accepter, comme on s'engage, comme on épouse. Follement. D'un seul élan. Ne pas lui donner l'impression qu'elle lui rendait service, mais simplement, et sur-le-champ, dire oui.

C'est ce qu'elle avait fait.

J'ai dit oui, répéta-t-elle, accablée, à Vertu qui l'écoutait et la regardait sans que son visage et son corps trahissent la moindre pensée, la moindre émotion. Vertu écoutait et regardait Camille D., tapait sur son clavier ce qui constituerait le texte de sa déposition, posait parfois une question brève et précise, puis redevenait immobile, inexpressive.

Mais voilà, avait poursuivi Camille, la veille du jour prévu pour la signature, elle s'était réveillée en sursaut, au milieu de la nuit, prise d'une angoisse qu'elle n'avait jamais connue auparavant : une main sur sa gorge et qui serrait lentement, une certitude que l'homme qu'elle avait aimé et qu'elle aimait encore la détruirait, ou pire, si elle faisait et si elle ne faisait pas ce qu'il avait su exiger d'elle.

C'était inexplicable – c'est-à-dire qu'alors même qu'elle racontait l'histoire à Vertu, elle ne parvenait toujours pas à comprendre ce qui avait eu lieu cette nuit-là et les jours qui avaient suivi. Un événement tout intérieur. Cette angoisse terrible qui l'avait éveillée en sursaut, au milieu de la nuit. Quelque chose d'effroyable et de soudain. Sans que l'on sache pourquoi ni surtout comment, Camille D. avait vu dans ses rêves le visage véritable de Cavalcanti, sa duplicité. Et elle avait pris peur. Il fallait fuir, en toute hâte. Ne jamais le revoir.

Elle avait attendu l'aube et à l'aube avait rejoint la gare la plus proche, elle était montée dans le premier train, le cœur battant. Elle était descendue au bout de la ligne, dans une ville moyenne et montagneuse, avait pris une chambre à l'hôtel de la gare et elle s'était terrée. Elle n'arrivait pas à respirer normalement les premiers jours. Elle comprit peu à peu ce qu'elle venait d'éviter : la honte d'être la victime naïve d'un misérable escroc, et cette honte la pétrifia, comme le souffle d'une explosion qui aurait failli la pulvériser. Mais cela passa. Elle se demanda comment elle avait trouvé la ressource de fuir malgré sa promesse et se sentit chanceuse, en ces circonstances sordides et malgré l'amour dont il lui fallait désormais porter le deuil, chanceuse, oui, d'avoir échappé à cela.

Elle pouvait rentrer chez elle.

Elle changea de numéro de téléphone, fit remplacer ses serrures, évita tous les lieux où elle aurait pu croiser Cavalcanti. Elle se crut sortie d'affaire, car Cavalcanti ne la poursuivait pas, même si quelque chose de rance flottait encore dans sa conscience.

Cette chose rance – un reliquat d'angoisse, de culpabilité, mais surtout l'impossibilité de se croire tout à fait hors de danger – prit la forme d'une lettre qu'elle reçut un matin, quelques mois plus tard. La lettre lui réclamait à elle, caution du prêt de Cavalcanti, les sommes jusque-là impayées et le règlement des sommes à venir. Elle avait tenu la lettre en tremblant. Elle l'avait relue. Elle avait imaginé un instant que tout ce qui avait eu lieu, son sursaut, son départ dans la ville montagneuse, n'avait pas eu lieu. Elle se vit aux côtés de Cavalcanti, signant son prêt, se portant caution. Elle eut envie de vomir. Elle savait, pourtant, ce qui était vrai, ce qui était faux.

L'homme avait disparu désormais. La défection de Camille l'avait surpris peut-être, mais il avait trouvé moyen de faire figurer un double falsifié de sa signature à l'endroit où elle aurait dû, elle, signer. Il avait récupéré l'argent. Maintenant, c'est à elle qu'on le réclamait.

C'était impossible, et pourtant c'était là. Le document, sa signature. L'amant introuvable. La banque lui réclamant l'argent, à elle. L'argent qui n'était pas resté vingt-quatre heures sur le compte ouvert au nom de Cavalcanti et qui s'était évaporé. Elle s'acharnait à répéter que sa signature avait été imitée, grossièrement de surcroît, sans même comprendre que, dans ce genre d'affaire, c'est l'argent que l'on suit, et tout le monde savait qu'elle n'en avait pas même vu l'ombre.

Ainsi, bien que Cavalcanti fût naturellement introuvable, on put sauver Camille D., prouver qu'elle avait été dupée, faire triompher la justice.

L'engrenage

Lorsque, nouvelle recrue de la brigade des fraudes, Vertu recevait la plainte de Camille D., elle était déjà en train de courir à sa perte, mais naturellement elle ne le savait pas. L'engrenage qui conduirait fatalement à son naufrage était en place de longue date, machine indécelable, muette, dont toutes les pièces, si distantes, si hétéroclites aient-elles pu sembler au premier coup d'œil, se mirent, ce jour-là, à tourner lentement – et finiraient par la broyer.

Durant les années qui suivirent, Vertu, au sein de la brigade, s'en donna à cœur joie, poursuivant, résolvant, traquant, démantelant. Sa vigueur nous fascinait, son rythme de travail haletant en fatiguait plus d'un. Dehors, la violence au début insidieuse culminait au grand jour. On parvenait pourtant à ne pas la voir.

Cependant, le jour précis où le lieutenant Blanc ouvrit la porte du bureau du capitaine Vertu pour y laisser entrer Lucien T., il est impossible qu'elle n'ait pas reconnu, dans ce visage oblong et pâle, ces yeux fiévreux, ces mains tremblantes, les signes précurseurs du mal qui s'abattrait sur elle peu de temps après. Elle les vit sans doute, ces signes, et certainement choisit de les ignorer. Elle laissa entrer Lucien T., le fit asseoir et il prit place en face du capitaine Vertu, sur la chaise où, près de dix ans auparavant, s'était assise Camille D. L'homme était rongé. Il parlait d'une voix lente, à peine timbrée, avec cependant l'intention évidente d'être parfaitement entendu et compris.

Il déclina son identité, se présenta brièvement, puis commença son récit: «Je suis un homme solitaire. Je ne me lie généralement pas aux autres. Tel est mon caractère. Néanmoins, il y a quelques mois, j'ai rencontré quelqu'un. C'était un homme. Il est venu m'aborder dans un café, me demandant une cigarette. Nous avons sympathisé. C'était un homme, charmant et cultivé. Nous sommes devenus amis très rapidement, ce qui aurait dû faire naître mes soupçons, car j'ai très peu d'amis. Je n'accorde pas ma confiance à n'importe qui, et j'ai besoin de temps. Mais il y avait en lui quelque chose qui vous emportait. Une joie, une fougue, un enthousiasme.

«Très vite, nous en sommes venus à nous voir presque quotidiennement. Cela ressemblait à une amitié d'adolescence. Exaltée, heureuse, un peu excessive. Peu importe.»

Ce qu'il y avait de douleur dans ce «peu importe», Vertu l'entendit très nettement. Elle comprit que l'homme qui s'adressait à elle avait le cœur brisé. Qu'il avait subi une perte, doublée d'une offense, et que rien ne pourrait réparer cette blessure. Il se consumait littéralement de chagrin, elle le voyait, le sentait trop bien. Elle connaissait cette peine et avait dû, en son temps, la réprimer de toutes ses forces pour ne pas se laisser engloutir. Elle voyait là à quoi ressemble un homme qui se noie et elle dut réprimer un mouvement de frayeur, comme si ses propres poumons, allaient, au simple contact de la victime, se remplir d'eau.

« Mon ami est venu me trouver un matin. Il avait une faveur à me demander. Il devait emprunter de l'argent, au plus vite. Je lui ai dit que je pouvais lui prêter tout l'argent qu'il voulait. L'argent n'était pas un problème, et je serais heureux de lui rendre ce service. Il refusa. Il pouvait emprunter l'argent lui-même, m'expliqua-t-il, mais quelqu'un devait se porter caution pour le prêt. Il avait pensé à moi. Je n'étais pas son seul et dernier recours et je pouvais aisément lui dire non. Mais lui, c'est à moi qu'il avait pensé. Parfois, quelqu'un vous choisit.

« J'ai accepté. J'aimais mon ami, voyez-vous, et s'il y a une chose dans la vie que je redoutais désormais, c'était de faire ou de dire quoi que ce soit qui aurait pu le rendre un peu moins joyeux, qui aurait pu ternir son sourire.

« La veille du rendez-vous à la banque, nous avons dîné ensemble. Nous étions d'humeur excellente, nous avons bu plus que de raison et nous sommes quittés en bas de chez moi en riant, il était près de minuit, je me suis couché immédiatement.

« Mais au milieu de la nuit, j'ai été réveillé par une angoisse atroce. Littéralement, je ne pouvais plus respirer. Quelqu'un était en train de m'étouffer.

« Et dans la confusion de la nuit, l'esprit égaré de sommeil et d'alcool, j'ai vu, très nettement, le visage de l'homme qui a abusé de ma confiance : Maurizio Cavalcanti.

« C'est lui qui m'étouffait. Je ne sais pas d'où venait cette image, mais lorsque cette crise se fut calmée, et l'hallucination dissipée, j'eus la certitude absolue que cet homme, que j'aimais, voulait me détruire. Et j'ai fait quelque chose que je ne m'explique pas aujourd'hui : j'ai attendu l'aube et à l'aube je suis parti pour la gare la plus proche, je suis monté dans le premier train et suis descendu à la dernière gare, dans une ville moyenne et montagneuse. Là, je me suis terré. J'ai compris quel infâme séducteur était l'homme que je prenais pour mon ami. Je ne peux pas vous dire comment je l'ai compris, mais il m'a fallu quelques jours et j'ai su que je n'avais pas le choix : couper tout contact avec lui, ne lui donner aucune explication, ne plus jamais le revoir. Ce fut pénible. Et inutile, du reste, car déjà le mal était fait.

« Quelques mois plus tard, j'ai reçu, d'une banque, une lettre me sommant de régler les sommes impayées, ainsi que le reste du prêt pour lequel je m'étais porté caution. Naturellement, Cavalcanti avait disparu. J'ai demandé les documents du prêt et je n'en ai pas cru mes yeux : j'ai vu, en noir sur blanc, ma signature, qui plus est imitée grossièrement. Il ne s'est pas même donné la peine d'une falsification ressemblante. Voilà ce qui m'est arrivé.»

Il était là comme un amant dépité. Il était là pour venger un affront. Si Cavalcanti avait du moins pris la peine d'imiter correctement sa signature, il ne se serait peut-être pas même déplacé, songea Vertu. L'argent n'était pas un problème. Il aurait payé.

Elle ne pouvait s'empêcher d'éprouver pour cet homme sans colère un frisson de mépris, sous-cutané. Dans le pays entier la rage bouillonnait sous le couvercle. Vertu le sentait dans son corps, dans sa poitrine. Elle le sentait en elle-même, sans rien montrer, sans rien trahir, elle vibrait de la même fureur. Et lui pleurait la trahison, l'ami perdu, sans la moindre trace de combativité.

Vertu, les rares fois où elle en avait, savait faire abstraction de ses sentiments personnels: seuls importaient l'enquête, les noms, les comptes, cette poursuite effrénée, ce fil que l'on tire, qui vous échappe, qui réapparaît, se noue, s'emmêle puis se lisse, ce fil qui vous mène tout droit non vers l'issue qu'on aurait pu chercher, mais vers d'autres fils encore, qui forment finalement une pelote inextricable et envahissante.

Ainsi, Vertu, sans grand enthousiasme, tandis que dehors les rues s'embrasaient, tandis que par endroits un silence étouffant s'installait, tandis que, jour après jour, la police, violentée elle-même par ceux qui en avaient la charge, se dégarnissait de ses rangs et de ses moyens, Vertu fit ce qu'elle avait à faire, à savoir, en la circonstance, déterminer si, comme tout portait à le croire, le Cavalcanti de cette affaire-ci était le même homme que celui de l'enquête menée des années auparavant, suite au dépôt de plainte de Camille D. Une recherche simple effectuée dans le serveur de données de la brigade lui apprit, presque instantanément, que l'homme en question, Maurizio Cavalcanti, trois ans tout juste après l'affaire Camille D., dans le cadre de ce que l'on avait sobrement appelé « l'exécution du club des 5 », avait, sur le bas-côté d'une route panaméenne, en compagnie de quatre comparses, petits truands comme lui qui avaient joué au plus malin avec qui il ne fallait pas, d'une balle propre et nette tirée en pleine poitrine, trouvé la mort.

L'engrenage s'était remis en branle, et il fallait être sourd, désormais, pour ne pas entendre le cliquetis métallique des dentures, la mécanique sans âme, impitoyable, qui priverait Vertu de tout ce qu'elle avait jamais été.

Une photo floue

Sans doute, l'affaire prenait un tour invraisemblable.

Cependant, Vertu n'essaya pas de comprendre pourquoi ni comment cela était possible, puisque cela était. Seul l'intéressait Cavalcanti, qui désormais n'était plus un homme, mais un nom. Elle se fit envoyer le dossier concernant sa mort, espérant trouver un élément qui aurait permis de l'identifier. Il contenait, de fait, une photographie abîmée, à l'origine douteuse : cinq hommes au bord d'une route, chacun une balle dans la poitrine. C'était un soir de novembre, un hiver précoce, personne n'attendait Vertu chez elle.

Les justiciers vont, solitaires. Vertu, elle, ne va nulle part. Elle creuse encore dans sa tête ce labyrinthe, chaque nouvelle affaire un nouveau couloir, cela s'entrecroise et se ramifie, c'est une tâche infinie, périlleuse, mais elle ne craint pas le péril, elle redoute seulement la fraude, ceux qui se font passer pour ce qu'ils ne sont pas, ceux qui recouvrent année après année, mensonge après mensonge, la vérité sous des strates si solides et si virtuoses qu'on ne la sent pas cogner dans son cercueil, la vérité, qu'on ne la sent pas vibrer, appeler, qu'on ne voit même plus les failles d'où elle pourrait surgir pour tout faire exploser.

Vertu creuse et s'égare, elle se sait depuis longtemps en rémission, elle s'est installée dans ce sursis, la vérité en ligne de mire, elle ne traversera aucune ville fantôme, aucune steppe sauvage, le colt à la ceinture, elle ne sauvera rien ni personne, sa quête est immobile et ne concerne qu'elle, la brigade n'est qu'un moyen pour travailler au corps un réel qui se dérobe, un ennemi fuyant, omniprésent, imperceptible, Vertu est cavalière seule immobile sans monture, sinon sa chaise.

Assise à son bureau et penchée, ce soir de novembre, à une heure déjà tardive, une loupe à la main, elle scrute la photographie où devrait apparaître Cavalcanti, mort.

C'est un bord de route. Un talus. Derrière, une plaine, le ciel se confond avec le sol sablonneux. Herbes éparses. Plaine estivale, pelée, qui est parfois peut-être luxuriante : après la pluie. La photographie en noir et blanc. Le blanc plutôt jauni, grisé. Le grain épais de la photographie. Le noir est gris, lui aussi. Et les cinq hommes. Cinq hommes sur le bas-côté, dans chaque homme, une balle. On aurait visé le plexus qu'on n'aurait pas mieux fait. Sur la photo, l'un des morts sourit. Cela pourrait être lui. Le visage poupin, les boucles noires sont là aussi. Mais les visages sont flous, le cadrage étrange, comme si on avait voulu montrer au-dessus des cadavres le ciel. La plaine est vaste et les corps insignifiants. Cinq hommes ou cinq fois le même. De taille moyenne, d'âge indistinct. Il aura fallu une nuit entière pour que la photo révèle ce qu'elle avait à dire.

Dehors, le pays apaisé s'engage dans une nouvelle ère.

Vertu a retrouvé sans peine la trace de Camille D., qui était disposée à dire si elle reconnaissait ou non le cadavre de la photo. Elle a organisé un rendez-vous avec Lucien T., car elle souhaite mettre en présence les deux victimes. Mais le jour convenu, ce fameux jour de novembre, Lucien T. ne se présente pas au rendez-vous : de désespoir, de honte, ou pour tout autre motif qui, désormais, restera secret, l'homme s'est pendu.

Camille D., quant à elle, n'a pas pu identifier Cavalcanti de manière formelle sur la photographie. Elle a répondu sur-le-champ à l'appel du capitaine Vertu, elle se réjouit de revoir celle qui, dit-elle, « à l'époque l'a sauvée », non parce qu'elle a résolu l'affaire, mais simplement pour l'avoir « écoutée et crue ». Elle est venue et Vertu l'a à peine reconnue, elle a perdu l'allure craintive de la jeune femme ébranlée qu'elle était alors, elle avance avec confiance dans le même couloir emprunté dix ans auparavant, elle entre dans le bureau, s'assied, écoute, et l'on pourrait douter soudain qu'une personne aussi sereine, aussi apaisée, ait pu tomber un jour dans les filets de quelque escroc, mais elle ne perçoit pas ce doute, qui l'insulterait peut-être ou peut-être la flatterait, elle en est revenue, de la trahison, elle vient pour aider à présent, non plus pour qu'on la sauve, et elle prend son rôle au sérieux. Mais on ne peut aider au-delà de ce que l'on sait.

Elle regarde la photographie longuement, après le premier mouvement de recul, elle ferme les yeux comme cherchant, dans ses souvenirs, un visage, et Vertu la regarde, Camille, les yeux fermés, elle la regarde avec avidité, comme s'il y avait là un autre secret à pister. Camille rouvre les yeux.

«Je suis presque sûre que c'est lui, affirme-t-elle. Mais là, c'est un mort. La dernière fois que je l'ai vu, c'était il y a longtemps et il me souriait. Cela ressemble à son sourire. Mais sur le visage d'un mort. Alors je ne suis pas sûre…» Elle se dit désolée de ne pas pouvoir faire plus.

Il faudrait que Lucien T. puisse parler lui aussi. Il faudrait qu'il puisse tenter de reconnaître l'homme qui l'a blessé. Qui mieux qu'un mort saurait reconnaître un autre mort ? songe Vertu.

Dans la brigade obscure, seule luit la lampe de son bureau, en dessous, la photographie, en pleine lumière, mais toujours floue.

Elle regarde encore une fois les visages, elle pourrait imaginer le sien propre parmi les cinq. Passer de l'autre côté, de l'image et de la vie, pour pouvoir poursuivre l'enquête. S'approcher des cadavres et les faire parler. C'est ce qu'elle sait le mieux : faire parler.

Elle repère les tremblements infimes d'une histoire, elle laisse les suspects raconter, puis c'est là qu'elle revient, mine de rien, elle revient aux tremblements, elle ne s'en détourne plus, elle secoue indéfiniment les histoires jusqu'à ce qu'elles soient dépouillées de tous les artifices, il y a toujours au fond quelque chose de vrai et qui vibre un peu, c'est là qu'elle va, c'est là qu'elle s'engouffre, et l'histoire finit par se dissiper, comme une boue, et il ne reste parfois plus rien qu'une paillette scintillante dans la bouche du suspect, il la recrache, étonné, il ne savait pas qu'il y avait en lui ce trésor, il croyait qu'il n'y avait que la boue, il regarde Vertu se saisir de cette chose infime et précieuse, il la regarde sans comprendre quand on l'emmène parce qu'il a tout dit, révélé tout ce qu'il pouvait, parce qu'il ne lui reste plus rien désormais, ni boue, ni rien, Vertu lui a tout pris, Vertu l'a essoré, le casse du siècle à tous les coups, elle est comme la pie voleuse, elle ramène son butin, ça brille, peu importe à quoi ça sert, ça brille et c'est à elle désormais. Mais dites-moi comment faire parler une image morte, une image morte où on ne voit que des morts.

La photo semble très ancienne, ou elle a voyagé. Elle pourrait avoir été prise à n'importe quel endroit où brille un peu le soleil.

Vertu s'est donc assise à son bureau, à la fin de la journée. La nuit tombe d'un coup et elle n'a pas dîné, elle regarde la photo, avec insistance, elle cherche son secret. Ce que Vertu essaie de faire, sans y parvenir, c'est comprendre les circonstances exactes de cette mort.

Les cinq hommes exécutés ensemble. Que sait-on des quatre autres ? Ils sont français. De petits truands actifs dans la région. Quatre noms supposés, que Vertu relit attentivement : Sueur, Meurisse, Morales, Benatar. Aucune certitude sur leur identité réelle.

Le lieutenant Blanc dira plus tard, au sujet de l'affaire et au sujet de Vertu : « Même lorsqu'elle savait que probablement cela ne mènerait nulle part, elle essayait toujours de tout éclaircir. Elle était insatiable. Elle ne s'arrêtait jamais. Un jour, alors qu'elle s'acharnait encore sur une enquête pourtant déjà close – et nous n'avions ni le temps ni les moyens de ces excès de zèle, elle était la première à le savoir –, elle m'a dit, simplement : "Je ne veux lâcher aucune affaire sans en avoir extrait tout le jus." » C'est sans doute comme cela qu'elle s'est retrouvée, dans la nuit, seule, assise à son bureau une loupe à la main, à scruter tous les détails d'une photo probablement prise par celui-là même qui avait exécuté les cinq hommes.

Elle va rester là un long moment, les yeux plissés. Elle va regarder chaque mort avec attention et se sentir troublée. Elle va scruter avec avidité les visages flous des cinq défunts, la loupe passant avec lenteur d'un visage à l'autre, se figeant soudain, comme si Vertu reconnaissait quelqu'un. Elle va percevoir enfin quelque chose, une angoisse, un chagrin enfoui de longue date, qui remonte, lent, impitoyable, jusqu'à l'engloutir.

C'est en elle que tout va trembler. C'est toute son histoire et toute sa boue qui vont être prises et balayées dans un flot puissant. Le chagrin est là à présent, comme elle fixe sur la photo l'un des hommes troués d'une balle. Le chagrin est là de nouveau et ne partira plus, il la ravit et la défait, comme des chiens dévorent le corps d'une femme parjure.

Au matin, elle aura vidé son bureau et laissé sur sa table, à l'attention de sa hiérarchie, sa lettre de démission.

Ce fut la stupéfaction d'abord. Blanc, le premier, était décomposé. Vertu manquait ? Vertu était partie ? Elle ne reviendrait pas ? Il errait véritablement comme un chien qui a perdu son maître, déboussolé, inquiet, il faisait un peu pitié et nous donnait envie de rire. A-t-on jamais vu loyauté si absurde ? Aurait-il blêmi, se serait-il lamenté, s'il avait connu la nature véritable de sa supérieure ? Nous-mêmes ne la connaissions pas, aussi faut-il que désormais nous renoncions à être les narrateurs de son histoire, puisque seuls étaient au courant, en haut dans la hiérarchie des êtres et des flics, ceux qui l'avaient placée dans la brigade, ceux qui l'avaient nommée « capitaine ».

Le nom du père

Porte-t-on jamais son nom ? Laure Vertu était née Laurence Morali, une nuit de juin 1978.

Fille de Serge Morali et de Dolorès, dite Dolly, Vargas, elle ne s'était jamais mariée, et Vertu n'était pas un pseudonyme : elle avait, à l'hiver 1997, près de quinze ans avant de devenir capitaine, demandé aux autorités françaises de modifier son nom et son prénom, et l'on avait accédé à sa requête.

Blanc, né Blanc, fils de Blanc, qu'aurait-il pu comprendre à cette histoire ? S'il avait su, ou ne serait-ce que soupçonné, il n'aurait pas compris pour autant.

Elle était née rue des Braves, dans un de ces quartiers de Marseille, lumineux et modeste, où son père arrivé par bateau d'une petite ville côtière, de l'autre côté de la Méditerranée, avait élu domicile. Elle était née, elle avait grandi, elle ne s'était posé aucune question. Elle vouait, enfant, une admiration sans limites à ce père doux, rêveur, qui passait le plus clair de son temps à sillonner, VRP consciencieux, les routes de Marseille et des environs.

Un jour il disparut.

Il était venu en France juste après son frère aîné, Livio, qui, lui, avait réussi de façon éclatante, exhibant au bout de quelques années une richesse insolente et embauchant, comme on fait l'aumône, son frère plus jeune et moins habile dans son entreprise florissante. Ce qu'ils vendaient, ce qu'ils achetaient, Laurence ne l'avait jamais vraiment su. Son père montait dans une voiture le matin, il en sortait le soir, et c'est là tout ce qui importait. Le reste était une enfance française, banale, sans cruauté particulière. Laurence avait un frère, Nicolas, et tous deux aimaient l'école, sans doute leurs parents avaient-ils placé en eux quelques espoirs – mais ils savaient aussi qu'il y avait d'autres moyens de parvenir.

Serge Morali disparut l'été des dix-huit ans de Laurence, qui s'apprêtait à monter à Paris pour y commencer des études de droit. Tu nous seras utile, lui avait dit Serge, tu viendras travailler avec nous quand tu auras fini, Livio m'a dit combien il était fier de toi. C'était dans sa famille le compliment suprême. Susciter la fierté de Livio, faire rire Livio, lui plaire, c'était réellement ce que l'on pouvait souhaiter de mieux. Laurence avait acquiescé avec prudence, sans avouer que, depuis toujours, son oncle la glaçait, avec son sourire affable et ses ongles polis.

Serge Morali disparut et, bien vite, Dolly dit aux enfants qu'il ne fallait pas attendre son retour. Nicolas n'eut pas l'air surpris, et Laurence comprit non pas qu'on lui cachait quelque chose, mais bien plutôt qu'elle n'avait jamais voulu voir ce que tous autour d'elle savaient de longue date. C'était un malfrat. Plus précisément : c'étaient deux malfrats. Un grand et un petit. Un puissant et un faible. Si Serge Morali avait disparu, c'est parce que Livio avait renoncé à le protéger. À moins que Serge n'ait esquissé, à l'encontre de son frère aîné, chef de la famille et patron tout-puissant, ne serait-ce que l'ébauche d'une rébellion. Alors il fallait tourner les choses autrement : s'il avait pu partir, c'est que Livio avait renoncé à le tuer.

Nicolas savait depuis toujours d'où venait l'argent du foyer et sans doute trempait déjà dans des trafics sales. De Laurence on avait attendu en vain qu'elle ouvrît les yeux, puis on avait dû se dire qu'on trouverait, une fois qu'elle aurait achevé son droit, une manière de la convaincre, ou de la compromettre. Serge avait disparu et son absence lui avait révélé ce qu'elle avait refusé de voir. Elle n'avait jamais compris qu'avec leur bonne humeur, leurs matchs de football dominicaux, leurs goûts simples ou tapageurs ils étaient dévorés, tous autant qu'ils étaient, par la maladie de l'ascension.

Laurence Morali avait, de sa mère, les yeux verts, la peau et les cheveux clairs, mais elle présentait sinon une ressemblance si troublante avec Serge qu'on aurait pu croire les traits de ce dernier passés au calque sur son visage. Elle ne fut guère surprise lorsqu'à l'automne, alors qu'elle venait de s'installer dans la capitale pour y commencer sa nouvelle vie, Dolorès l'appela pour l'informer qu'elle allait se mettre en ménage avec Livio – « Tu seras toujours bienvenue chez nous ma chérie », avait poursuivi Dolorès. Dans sa voix pointait une joie, une jeunesse qui meurtrit si profondément Laurence qu'elle se fit le serment de ne plus jamais retourner à Marseille, de ne plus jamais parler à sa mère.

La jeune femme, dans les jours qui suivirent cet appel, connut une mélancolie profonde et douloureuse, elle fut incapable de quitter la petite chambre mansardée où elle avait emménagé. Elle n'éprouvait aucun ressentiment vis-à-vis de son père, mais ne pouvait s'empêcher de songer qu'un arrangement sordide devait être à l'origine de son départ, une transaction dont Dolorès était l'enjeu consentant et à laquelle Serge avait accepté de souscrire, parce que c'était sans doute la seule issue pour sauver sa peau.

Il avait troqué, petit truand sans âme, sa femme, sa famille contre une vie sauve recommencée ailleurs.

Durant trois jours entiers, Laurence ne put dormir ni même manger. Le peu qu'elle parvenait à avaler, elle le rejetait aussitôt, violemment, dans un spasme nauséeux qui ne voulait pas finir. Les pensées les plus cruelles et les plus délirantes la torturaient. Elle hallucinait des ombres qui, tapies dans chaque coin de sa chambre, attendaient qu'elle sombre dans le sommeil pour l'envahir, elle entendait des voix qui colportaient son histoire, des rumeurs sur son compte où elle apparaissait dépravée, vénale. Elle se sentit salie par une honte à laquelle elle ne pensait pas pouvoir survivre.

Le père disparu, la mère dévoilée, son existence entière se décomposait, organisme pourri avant maturité.

À l'issue des trois jours, Laurence fut happée par un sommeil sans rêve.

C'est dans ce silence qu'elle était née.

Elle en sortit au milieu de la nuit, la gorge sèche, le cœur apaisé et brisé. La saison basculait dans l'automne ; dans la nuit très claire brillait une lune presque pleine. Le brouhaha épuisant dans sa tête, qui l'avait malmenée, se taisait. Elle se versa un grand verre d'eau, qu'elle but debout, dans l'obscurité, face à la fenêtre.

D'où venait ce calme, d'où venait cette force ? Il n'y avait plus qu'une phrase : « Ce n'est pas moi. » Cela voulait dire : « Je ne suis plus leur fille », ou plutôt : « Ils ont perdu le droit d'être mon père, ma mère, mon frère, mon oncle. »

Comme le fruit tombe de l'arbre, elle se détachait d'eux.

Elle reprit le cours de sa vie. Elle ne répondit plus au téléphone, renvoya toutes les lettres sans les avoir ouvertes. Elle ne demanda plus d'argent à ses proches et trouva du travail pour financer ses études. Elle poursuivit son droit, décida qu'elle ne serait pas avocate, mais juge ou policière.

Cela fonctionnait. Chaque fois que la mélancolie revenait à l'assaut, elle répétait la même phrase, « Ce n'est pas moi », au point qu'entendre prononcer ce nom, « Morali », le même que celui de ces gens, finit par lui devenir intolérable. Ce n'est pas un nom, songeait-elle, c'est un stigmate.

Il y avait un seul antidote.

Vertu.

Comme nom, comme sauvetage. Mais aussi : comme pièce maîtresse de l'engrenage qui, des années plus tard, la mènerait à sa perte. Elle subirait un jour le juste châtiment de ceux qui renient. Car pas plus qu'on ne retrouve un pays après les longues années de l'exil, on ne peut retrouver un nom dont on a voulu s'affranchir. Une fois le nom renié, la perte est irrémédiable, le nouveau nom n'est jamais qu'une greffe qui, un temps, semblera avoir pris, mais finira par lâcher. Alors, il ne reste plus rien de vous. Tout se défait. Choisir « Vertu », aussi, c'était choisir la France. La République et ses promesses. La loi comme seule alliée. Mais il suffirait d'une enquête invraisemblable, plaçant dans ses mains cette photo floue où un soir de novembre elle reconnaîtrait le visage aux yeux clos, le thorax perforé de son père disparu, pour lui rappeler qu'on ne réécrit pas impunément sa propre histoire.

Sans suite

Lorsqu'on eut pris connaissance de la démission du capitaine Vertu et lorsqu'il apparut qu'elle avait non seulement abandonné son poste, mais également décidé d'effacer toute trace tangible de sa personne, une enquête de routine fut lancée pour clarifier la situation. On souhaitait avant tout s'assurer en haut lieu que Vertu, qui demeurait introuvable, ne risquait pas de nuire au service qu'elle venait de quitter. Aux hommes venus enquêter, en interne, sur la défection inopinée de son capitaine, le lieutenant Blanc dirait :

« Elle était comme eux. Nous le savions. Sans doute le savaient-ils aussi. Elle était peut-être la seule à ne pas voir combien elle ressemblait à ceux qu'elle traquait. Elle anticipait leur manière de penser, leur manière d'agir. Et lorsque j'assistais à un interrogatoire, je ne pouvais pas m'empêcher d'être troublé. Ce n'était plus la même personne. Elle se transformait dès que le gars entrait dans son bureau. Quelque chose de chimique. Avec les victimes, ça coinçait toujours un peu. Elle était trop raide, pour ainsi dire. Mais les suspects, eux, se sentaient en confiance, à leur corps défendant. Ils la reconnaissaient. Ils lui parlaient comme à l'un des leurs, elle répondait de la même manière. Ce n'est pas qu'elle les singeait, au contraire. Moins elle essayait de leur ressembler, plus on aurait dit un truand qui se faisait passer pour un flic. Au bout du compte, elle venait à bout de n'importe qui. Elle vous essorait des individus qui avaient fait de l'art du mensonge la clé de voûte leur existence et qui sans doute ne savaient même plus eux-mêmes qui ils étaient. Elle les soulageait, disait-elle. C'était inconcevable, comme elle les travaillait, tout en douceur, sans rien de spectaculaire, puis d'un coup ils finissaient par lui cracher jusqu'à la plus petite parcelle de vérité qu'ils pouvaient receler. Alors on emmenait le suspect et Vertu redevenait Vertu. Elle n'avait même pas l'air satisfaite. Elle m'avait dit une fois : "Quand ils apprennent qu'on pourchasse les fraudeurs, les gens nous approuvent, ils sont reconnaissants, mais ils ne comprennent absolument pas ce que nous faisons. Ce n'est pas une question de morale ni de justice. C'est seulement une question de vérité." Je ne sais pas quelle vérité elle pourchassait. Je sais seulement que chaque fois il y avait ce moment, juste lorsque le type ressortait de son bureau, lorsqu'il franchissait le seuil pour disparaître dans le couloir. Je la regardais. C'était infime mais très net : un regret. Un regret profond, puissant, presque de la peine. D'en avoir déjà fini. D'avoir à le laisser partir. Le charme se rompait. Quelque chose se fanait en elle. Il fallait redevenir Vertu.»

Blanc eut une hésitation, comme s'il avait voulu expliquer, préciser ses derniers mots. Il se tut un instant et poursuivit :

« Elle ne fera rien qui puisse nuire à nos services, naturellement. Elle ne peut pas se le permettre. La loyauté la constitue. Telle que je la connais, elle ne divulguera jamais aucune information. Quant à savoir pourquoi elle est partie, comme ça, du jour au lendemain, non, je ne peux pas vous répondre. Ce que j'essaye de vous expliquer c'est que, fondamentalement, cela ne m'a pas surpris. »

Presque aussi rapidement qu'on l'avait ouverte, l'enquête avait été close.

Certes, le départ, puis la disparition du capitaine Vertu étaient tout sauf protocolaires. Mais les motifs d'inquiétude semblaient dissipés. Tous eurent bientôt dans le service l'intime conviction qu'ils ne la reverraient jamais, que l'on n'entendrait plus parler d'elle. Et c'est un fait : personne pour regretter l'équipière taiseuse, la supérieure efficace mais dénuée de charisme. Lentement, on cessa d'évoquer son nom. Et peu à peu on l'oublia.

La disparition de Vertu taraudait encore le lieutenant Blanc quand personne ne pensait plus à elle. C'était une inquiétude diffuse, une obsession intermittente. Ce qu'il avait été pour Vertu, durant l'époque de leur travail ensemble, Blanc l'ignorait. Il la servait, il l'observait. Il était, songeait-il, non pas son confident, encore moins son égal, mais, humblement, son témoin.

Aussi ne fut-il pas absolument surpris quand, un beau matin, il reçut par la poste un pli contenant une clé et une simple feuille blanche où figuraient une adresse (7, rue de l'Espérance, appartement 24) et ces quelques mots : « Pour vous, Blanc, qui saurez quoi en faire. Signé : capitaine Vertu. » Blanc vérifia rapidement ce qu'il savait déjà : cette adresse n'apparaissait dans aucun des documents administratifs relatifs au capitaine Vertu. Il se contenta alors d'ajouter la clé inconnue à son trousseau, brûla aussitôt l'enveloppe et la feuille. Ensuite il se lava les mains avec application. Puis il se mit à attendre.

Rêve de Blanc

Juste après sa disparition, on avait fouillé et vidé l'appartement du capitaine Vertu. Elle était sans famille et Blanc se souvenait de la tristesse qui l'avait étreint lorsqu'il avait franchi le seuil de la demeure, où tout était moyen, bon marché, ni propre ni vraiment sale, sans personnalité. N'importe qui aurait pu vivre ici, avait songé Blanc, n'importe qui de seul, de morne. Or n'est-ce pas ainsi qu'était Vertu : personnage d'un seul bloc, lisse et infrangible, mû par une unique obsession et dépourvu de tout attrait ? Une petite femme âpre qui ne voulait plaire à personne. Ils n'avaient rien trouvé de particulier dans l'appartement, tout y était plus ou moins rangé et l'on avait peine à croire qu'une vie avait pu se dérouler entre ces murs, qu'une personne de chair avait habité là et non une abstraction. Les meubles nécessaires, les murs blanc cassé à la peinture fatiguée, un carrelage au sol, blanc lui aussi, marbré de gris, et, dans l'unique pièce, un canapé-lit replié, un fauteuil, un bureau où était classée l'administration courante : relevés de comptes, fiches de paie, impôts, assurance sociale et mutuelle.

Il apparaissait très clairement que Vertu avait économisé tout au long de sa carrière, s'assurant un pécule qui sans doute lui permettrait de se passer de salaire, de vivre sans éclat mais sans gêne durant plusieurs années encore.

Et après ? avait songé Blanc.

Les hommes de l'enquête ne s'intéressaient pas à l'après.

Bien que les résultats du capitaine Vertu au sein de son service aient été, depuis des années, de très loin supérieurs à toute moyenne, ils ne semblaient pas disposés à voir en elle quelqu'un d'autre qu'une policière certes performante, mais guère plus, sur laquelle il leur fallait mener une simple enquête de routine, qui viendrait confirmer ce que, du reste, ils savaient déjà : il n'y avait rien à signaler, partant, rien à craindre. S'il y avait eu quelque mystère, sans doute les enquêteurs auraient-ils tenté de le percer. Mais certains parmi eux connaissaient déjà son secret : Laure Vertu avait un passé dont elle n'était pas fière, un passé si malséant qu'il lui avait fallu changer de nom pour commencer une autre vie. Pour eux, c'est ce passé qui à lui seul expliquait et même justifiait son départ.

Durant toutes ces années, beaucoup avaient cru que Vertu cherchait à rendre le monde plus propre, plus honnête, plus habitable, mais la quête infinie qu'elle avait entreprise avait pour seul motif d'effacer la tache dont elle se croyait marquée. Son nouveau nom était un programme, un voile pour recouvrir sa flétrissure, une armure dérisoire qui n'avait pas résisté à l'usure du temps.

Seul Blanc continua de chercher des réponses, lui seul ne parvenait pas à l'oublier, et c'est sans doute pour cela, d'ailleurs, qu'elle lui avait envoyé cette clé : non pour l'obliger à poursuivre une enquête dont elle savait qu'elle serait close bien trop tôt, mais parce qu'elle connaissait l'attachement indéfectible de Blanc à son égard.

Pour faire usage de la clé envoyée par Vertu, Blanc attendait une intuition. Il n'avait aucune hâte. Il patienta. Il ne voulait pas se sentir désarçonné ou déçu par ce qu'il découvrirait, une fois la porte ouverte. Il connaissait Vertu si bien et depuis si longtemps, songeait-il, qu'il devait déjà savoir, même confusément, ce que cachait l'appartement du 7, rue de l'Espérance. Il fallait seulement que cette connaissance enfouie remonte à la surface de sa conscience.

Un soir il eut un rêve.

Vertu était vêtue d'une chemise au col relevé et d'une veste d'homme noire aux manches retroussées, dévoilant ses poignets très fins sous la doublure blanche du revers ; elle avait les cheveux détachés, ce qui n'arrivait jamais, et dans sa main un verre d'alcool fort à la couleur ambrée, elle était assise devant lui, ils buvaient tous les deux, sirotaient comme de vieux amis.

Vertu portait, entre ses deux yeux, une pierre que Blanc soupçonnait postiche, une sorte d'ornement diamantaire comme en ont parfois les femmes le jour de leur mariage, mais la pierre, dans le même temps, semblait vraie, et non pas collée mais incrustée dans le front de Vertu, si bien que Blanc, tandis qu'elle lui parlait, scrutait seulement la pierre, cherchant à savoir de quelle eau elle était. Vertu parlait à Blanc sur un ton léger, presque badin, tous deux baignés dans une ivresse moelleuse, celle qui facilite les épanchements. Dans cette espèce de chaleur diffuse qu'il ressentait à la fois en lui et tout autour, cette détente délicieuse qu'il n'avait jamais connue avec Vertu, Blanc s'enhardit.

Au moment où elle posera son verre sur la table, songea-t-il, je saisirai sa main.

Ainsi, au moment où elle posa son verre sur la table, il approcha sa main pour saisir celle de Vertu, mais la frôla seulement car Vertu retira sa main à toute vitesse, et presque aussitôt le diamant que Blanc avait fixé durant toute la conversation se détacha du front de Vertu, tomba dans son verre d'alcool et c'était un glaçon.

Au front de Vertu, à la place, perlait une goutte de sang. Vertu prononça alors, avec un grand calme et un sourire candide, une de ces phrases qu'on ne dit qu'en rêve : « La prostitution n'est pas ce qu'on croit. »

Blanc s'éveilla avec des mains très moites. À côté de lui, sa femme dormait paisiblement.

La phrase que Vertu avait prononcée dans son rêve lui resta dans la tête toute la journée du lendemain.

Cette phrase devint un parasite, quelque chose de minuscule mais de toujours là, qui ne vous quitte pas. Il était allé comme chaque matin à la brigade, il était entré dans le bureau de l'homme qui avait remplacé Vertu, avait parlé avec lui des affaires en cours et, en regardant cet homme, en lui parlant, il avait songé à la phrase de son rêve.

Alors il avait vu, tandis qu'il lui parlait, l'homme, son supérieur désormais, pantalon baissé, en train de pénétrer lentement une fille très belle et très jeune dont le visage était détourné, qui ne parlait pas la même langue que lui, à quatre pattes sur un lit, le dos cambré. L'homme qui avait le visage de son nouveau capitaine se tenait derrière la fille, à genoux, faisant cela comme à son corps défendant, comme si c'était lui que l'on contraignait et pas seulement elle. Il avait un air concentré, celui qu'il prenait parfois pour réfléchir à certains dossiers complexes, et Blanc s'était demandé d'où venait cette image, car sans doute il s'agissait d'un souvenir, mais il n'avait aucune réponse, sinon, de nouveau, la phrase de Vertu, qui pouvait tout vouloir dire, ou rien, naturellement, une phrase puissante parce qu'elle est absurde, parce qu'elle n'a de sens que lorsqu'on sait ce qu'elle signifie pour celui ou celle qui l'a prononcée, or Blanc ne savait pas pourquoi Vertu, dans son rêve à lui, avait dit cela.

La prostitution, il n'y pensait jamais.

Mais la phrase était là, nichée, lovée en lui comme le ver dans sa pomme. Blanc décida qu'il fallait en avoir le cœur net : aller, le soir même, dans l'appartement dont il avait la clé, prendre sa part de l'héritage de Vertu, accepter qu'après, sans doute, il n'aurait plus aucune raison de penser à elle, comme ça, sans arrêt, il faudrait arrêter.

Faire ce que Vertu attendait de lui, élucider son mystère, puis arrêter.

7, rue de l'Espérance

Ce qui attendait le lieutenant Blanc au 7 de la rue de l'Espérance n'avait rien de spectaculaire. Un immeuble relativement récent et de bon standing, un couloir à la moquette bleu pâle, une porte anonyme.

Le studio, d'une propreté méticuleuse, aux murs immaculés, présentant pour seul mobilier un lit simple aux draps frais et blancs, ressemblait à une chambre d'hôtel. Ce qui surprenait Blanc, ce qui lui semblait inexplicable, c'était cette propreté, l'absence de la moindre poussière, comme si le ménage avait été fait à fond la veille. La fenêtre unique, pourvue de stores automatiques, laissait voir la ville, du haut de ce treizième étage.

Elle donnait sur un vaste parc.

Blanc s'assit sur le lit, d'une fermeté étonnamment confortable.

Il se releva aussitôt et ouvrit le rangement unique de la pièce, à porte coulissante : une étagère et une penderie, vides, elles aussi. Puis, levant les yeux vers le dernier plateau de l'étagère, il aperçut enfin quelque chose, une sorte d'étoffe, il la saisit, ce n'était pas un vêtement. C'était un sac de sport bleu de la marque Adidas. Lui aussi semblait vide. Que s'était-il passé dans la pièce ? Qu'est-ce que le sac avait contenu ? Et qu'était-il censé faire, lui, désormais ?

Il n'avait plus aucun ordre de son capitaine.

Blanc, homme efficace, parfait exécutant, qui parvenait à allier vivacité et réflexion, ne pensait pas souvent à lui-même. Il détestait la solitude et n'était pas enclin à l'introspection. Blanc, assis sur ce lit, dans ce studio, se sentit pourtant soudain envahi par un sentiment désagréable et puissant de vacuité. Il ne servait à rien. Il n'était personne. Vertu ne l'avait jamais vu, jamais regardé.

Mais il y avait ce lit, cette pièce qui était une chambre et dont Vertu lui avait donné les clés. Il y avait, surtout, cette phrase qui hantait Blanc comme une idée fixe, une idée qui aurait été la sienne propre.

Il s'était rassis sur ce lit et il lui semblait que la fermeté du matelas absorbait, aspirait quelque chose de la pesanteur de son corps. C'était une sensation inhabituelle et douce. L'après-midi déclinait. Il songea que rien ne l'attendait. Un simple SMS adressé à sa femme l'excuserait pour la soirée entière, peut-être pour la nuit. Il suffisait de prétexter, de mentir.

Blanc n'était pas un homme insincère, mais il savait mentir naturellement. Cela ne lui coûtait pas. Tout, dans cette pièce, lui disait de rester. Le lit exerçait sur lui une sorte d'attraction inéluctable et suave, comme régie par une loi physique qu'on n'aurait pas encore découverte.

Il ne faisait pas froid, mais il régnait une chaleur diffuse et enveloppante, malgré les radiateurs éteints.

Blanc était resté assis là, absolument immobile. La nuit avait fini par venir. Son corps était pesant, comme engourdi de sommeil, sa conscience pourtant parfaitement claire. Est-ce cela que ressentent les fantômes ? songea-t-il, et cette pensée lui était complètement étrangère. La pièce luisait d'une blancheur légère, très peu lumineuse mais pourtant indéniable, comme si les murs, ou quelque chose, avaient eu un éclat propre, pourtant, à en juger par le parfait silence, aucun appareil électrique ne fonctionnait ici, sans doute l'électricité avait-elle été coupée depuis des années, depuis la disparition de Vertu.

C'est alors qu'il la vit et lui-même ne savait plus où il se trouvait.

Elle entra dans l'appartement et il la vit telle qu'il ne l'avait encore jamais vue.

Elle portait une robe noire droite, dépourvue de manches, qui découvrait des genoux d'une grande perfection. Le bas de sa jambe aussi : son mollet juste assez charnu, sa cheville fine et bien dessinée. Les pieds étaient chaussés d'escarpins noirs. Elle s'était maquillé les yeux, légèrement, avait recouvert ses lèvres d'un rose frais. Elle ne semblait pas plus jeune, mais enfin défatiguée, libérée du poids qui pesait sans cesse sur elle, fanait ses épaules. Sa poitrine, petite, frémissait sous la robe. Elle était accompagnée.

L'homme, Blanc ne distinguait pas son visage. Ils entrèrent en silence. Puis Blanc vit qu'ils parlaient, mais lui n'entendait pas ce qu'ils se disaient. Il vit leurs gestes très lents se succéder de manière prévisible, comme déjà écrite, dans la lumière immobile de cette fin d'après-midi, selon une chorégraphie prévisible et généralement ennuyeuse pour celui qui regarde sans pouvoir agir ; il vit leurs corps se dénuder et faire œuvre de chair.

L'homme n'avait toujours aucun visage, Blanc contemplait Vertu seulement, du regard fixe et halluciné de celui à qui se révèle une vérité profonde et pourtant évidente, la seule vérité à laquelle il vaille d'être confronté, non pas celle inédite qui vous laisse bouche bée d'étonnement, mais celle que l'on a toujours choisi d'ignorer, et qui s'ouvre en vous, comme une brèche lente et douloureuse, pour ne plus se refermer.

Il voyait là un corps sans âme, infiniment souple et ductile, mécanique ingénieuse huilée par le désir, un corps délivré du chagrin, libéré aussi de la volonté tenace qui, certains jours de grande fatigue, maintenait seule le capitaine debout. Il eut soudain l'image de ce fils descendu aux Enfers pour y retrouver son père et ne saisissant dans ses mains tremblantes qu'une image vide, une âme sans matière. Ici c'était une autre cruauté, contre nature, inverse : un organisme dépourvu de toute âme, assemblage de muscles et de nerfs parfaitement agencé, allégé de son fardeau spirituel, vide de conscience, seulement terriblement agile, efficace. Il voyait comme en plans successifs et très serrés sa bouche entrouverte, la fine sueur qui perlait à la surface de sa peau, ses cheveux humides dans le poing de l'homme, sa nuque prise de soubresauts, les mouvements réguliers qui agitaient ses seins, la main de l'homme ferme sur son épaule, ou saisissant sa hanche comme on s'y agrippe.

Elle était hors de sa portée. Elle aurait pu, s'il avait su l'atteindre, lui offrir ce qu'elle offrait à cet homme. La même chose. Mais elle lui était restée inaccessible. Un bloc inaltérable de probité, d'acharnement, de professionnalisme. Il aurait voulu sans doute se soustraire à cette scène, ne pas être contraint de voir son dénouement, mais comment partir : il ne savait même plus où se trouvait son propre corps, puisque manifestement il avait quitté ce lit.

Bientôt, ce fut fini. Blanc n'aurait pu dire combien de temps cela avait duré. Lentement une nausée l'avait envahi, par la bouche d'abord, puis se diffusant partout. Une nausée, et l'impression d'avoir été joué, d'avoir été trompé par cette femme en qui il avait toujours eu la confiance la plus absolue, la plus aveugle et qui lui avait dissimulé sa fluidité, son goût pour la souple mécanique du plaisir.

Pour Vertu au visage las, indifférent, Blanc n'avait finalement plus qu'un mot, qui lui remonta tout rond, comme une cerise noire, une injure que les hommes parfois adressent aux femmes qui se refusent à eux. Et le désir soudain, inexplicable, violent, de la défenestrer. Une haine, un dégoût. Il se souvint du rêve et de la phrase qui l'avaient mené là, du diamant kitsch à son front brillant, de la hâte avec laquelle, dans son rêve, à son approche, elle avait retiré sa main, et sa rage grandit encore.

Vertu se rhabilla et l'homme allait partir. Alors, prestement, elle ouvrit la porte de l'étagère où Blanc avait trouvé le sac bleu, elle plongea sa main à l'intérieur de ce même sac, ressortit quelques billets qu'elle lissa, avant de les tendre à l'homme qui, sans hâte, vérifia que la somme due était bien là puis glissa les billets dans la poche arrière de son pantalon.

À l'instant précis où l'homme donnait une petite tape joyeuse sur ses fesses, là où était l'argent, le lieutenant Blanc se rappela la scène d'un film vu des années auparavant : un policier, infiltré au sein d'un clan mafieux, doit, en présence d'un des hommes les plus puissants de ce clan, avoir un rapport sexuel avec l'une des prostituées du réseau. Il s'exécute. Il accomplit l'acte avec lenteur, mécaniquement, presque douloureusement, sous le regard amusé de son supérieur, qui les soumet ainsi tous deux, lui, l'homme de main, et elle, la prostituée. Il s'exécute, parce que refuser serait risquer de se trahir. La seule jouissance réelle, dans ce passage pourtant explicite, est naturellement celle du chef, qui humilie, contraint, domine.

Le lieutenant Blanc avait déjà les yeux ouverts quand il revint à lui. La pièce blanche était glacée, il sentait son corps engourdi. Il rentra chez lui. Il ne parla jamais du legs de Vertu, fit disparaître l'enveloppe et la clé, voulut effacer toute trace. Il ne savait pas ce que Vertu avait attendu de lui, il ne pouvait désormais plus songer à elle sans dégoût, il n'arrivait pas à s'ôter de la mémoire les images vues la veille, comme s'il avait eu là accès, par la fiction ou par le rêve, à un pan du réel occulté trop longtemps. Le soir, à son épouse qui lui demandait justement si l'on était toujours sans nouvelles du capitaine, il dit qu'il ne voulait plus jamais entendre parler de cette femme.

Quant à Laure Vertu, si, à cet instant précis, elle avait su de quoi étaient faites les fantasmagories du lieutenant Blanc à son sujet, elle aurait ri, sans doute, mais d'un rire sec.

La seule certitude, c'est que le lieutenant avait failli. Son capitaine s'était tourné vers lui comme vers un homme de confiance, un policier consciencieux, dont il était attendu qu'il fasse ce qu'aurait fait tout autre à sa place : passer l'appartement au peigne fin à la recherche d'un indice qui aurait pu enfin éclairer la disparition de celle qui, durant plus de dix ans, avait été sa collègue et sa supérieure. Il s'était, au lieu de cela, assis sur le lit, probablement assoupi et avait laissé libre cours à ses divagations poisseuses. S'il n'avait pas été aussi ridiculement, aussi fautivement négligent, il aurait tout au moins pris la peine de sortir de l'étagère le sac de sport bleu, il l'aurait ouvert et l'aurait retourné pour s'assurer que ce dernier était bien vide.

Et il aurait peut-être vu, alors, comme une feuille d'automne, comme une lettre jamais envoyée qui se perd dans un souffle de vent, comme un déclin, tournoyer lentement un billet mauve, laissé là par hasard ou délibérément – c'est là toute l'énigme à laquelle il lui aurait fallu se consacrer.

Refus

Vertu, seule, sans retour possible, coupée d'elle-même, de tout ce qu'elle avait construit comme vie durant les vingt dernières années, Vertu ayant sapé ses propres fondations, est prête à en découdre. Après avoir donné sa démission, elle a effacé soigneusement toutes les traces de sa vie de capitaine. Elle a abandonné son appartement, fermé son compte en banque, elle a fait ce que l'on fait lorsque l'on veut disparaître, mais elle n'est pas allée bien loin.

Elle s'est installée avec une simple valise dans ce petit appartement du 7, rue de l'Espérance, elle a vécu là pour ne pas être retrouvée, envisageant une reconversion, sans vraiment savoir quoi faire cependant. Elle a passé finalement ses journées à arpenter la ville et c'est là que cela a commencé, l'idée d'en finir, mais avec quoi au juste, rien n'est clair, il y a seulement ce chagrin étouffant, ce ciel qui l'écrase.

Vertu, si on lui avait donné sa propre vie, sa propre histoire, non pas à l'intérieur d'elle-même, mais à l'extérieur, si sa vie ou son histoire, en somme, avait pu prendre, à l'extérieur d'elle, une forme, de préférence humaine, celle, par exemple, d'un individu quelconque, de préférence plus grand qu'elle et plus fort, elle aurait été soulagée et presque heureuse alors. Elle aurait su à qui s'en prendre et qui détruire. Voici ta vie, lui aurait-on dit, elle aurait ouvert la porte et l'homme, l'individu quelconque, aurait été là, assis dans sa chambre, il lui aurait souri, avec un air enjôleur, *je sais que tu m'aimes bien, au fond*, mais elle n'aurait pas prêté attention à son sourire, pas plus qu'elle ne s'était laissé berner, toutes ces années durant, par la succession d'infatigables fraudeurs qui avaient essayé de la lui faire belle.

Elle l'aurait, sa vie, réduite en miettes, de rage, de tristesse, d'une énergie sans fin, à coups de poing l'aurait détruite jusqu'à ce qu'il ne reste de l'homme assis sur son lit que des lambeaux de chair tuméfiée.

J'étais cet homme et il ne reste rien de moi, aurait-elle dit alors, la bouche en sang.

Mais il n'y avait personne, seulement ses quelques affaires, l'appartement dépouillé, et ce sac bleu qu'elle a pris avec elle.

Sans doute il faudrait s'en délester, puisqu'il n'y avait rien à en faire, rien de décent, mais aucune solution ne semblerait acceptable, toutes seraient entachées de la poix du réel, de la matière visqueuse et compliquée des désirs secrets, des aspirations contradictoires, d'une vanité qui ne se connaît pas elle-même, d'une complaisance envers soi tapie jusque dans les résolutions en apparence les plus sacrificielles.

Du temps qu'elle était encore capitaine, quelques années seulement après son arrivée à la brigade, à peu près à l'époque où on lui avait confié l'affaire Cavalcanti, en somme, elle avait donc trouvé un soir, en rentrant chez elle, bien en évidence sur sa table carrée, un sac de sport bleu de la marque Adidas.

On s'était introduit dans son appartement par effraction mais pour n'y rien voler, seulement pour déposer le sac et repartir. Elle s'était approchée calmement de l'objet, elle l'avait ouvert avec précaution, elle avait vu d'emblée les liasses de billets de cinq cents euros et, sur une petite carte, ces deux mots : « Pour Laurette », suivis d'un astérisque tracé à la main. Elle ne reconnaissait pas l'écriture, mais elle savait bien que son père était le seul à l'avoir jamais appelée ainsi, elle en déduisit que le sac venait de lui.

Elle rangea simplement le sac au bas de son lit, dans un tiroir demeuré vide dont les dimensions coïncidaient parfaitement, puis elle ne s'en préoccupa plus. Elle fit comme si ce sac empli de billets mauves et qui avait peut-être traversé des mers, des continents, pour arriver jusqu'à elle, et comme si ce mot, seul signe tangible de son père après des années de disparition, n'avaient jamais existé. Elle imaginait bien parfois qu'un autre capitaine Vertu, un beau jour, remontant la piste d'une transaction frauduleuse, tirant patiemment le fil de son enquête, arriverait peut-être jusqu'à elle, sonnerait à sa porte, exigerait de voir le sac, puis lui demanderait de la suivre. Elle serait face à elle-même et ne pourrait pas fuir. Elle se soumettrait à l'enquête, aux interrogatoires, et ce serait une honte que d'être de l'autre côté, elle le lirait dans les yeux de l'autre capitaine Vertu, n'as-tu pas honte ? et elle baisserait la tête. Elle se trouvait pourtant dans l'impossibilité absolue de faire autre chose que cela : fourrer le sac dans le tiroir qui semblait l'attendre depuis toujours, feindre que rien n'avait jamais eu lieu.

Elle n'avait pas besoin de cet argent. Elle n'avait absolument aucune intention d'y toucher. Elle pensait aussi qu'il suffirait peut-être de sortir de chez elle par une nuit sans lune, de franchir les grilles d'un jardin public pour y enfouir le sac comme un trésor. Mais elle ne pouvait pas se résoudre à s'en défaire. Il y avait là quelque chose de l'ordre d'une nécessité, cette même nécessité à laquelle elle se soumettrait, quelques années plus tard, en démissionnant après avoir reconnu, sur la photo de l'exécution de Cavalcanti, son père parmi les morts.

C'était une fidélité indéfectible, une loyauté non envers le disparu, mais envers elle-même – si imprécise, si fragile, si mensongère que fût son identité.

Elle avait gardé le sac, aussi, malgré les billets, parce qu'il lui évoquait un souvenir lointain et cher. Ils allaient sous un soleil d'été, son père et elle, rentraient, en milieu d'après-midi, d'une matinée de foot passée au stade où chaque dimanche il retrouvait son équipe, disputait son match avec sa petite communauté d'amis venus pour la plupart de la même petite ville côtière, de l'autre côté de la mer. Après le match, quand le temps le permettait, ils déballaient les sandwichs préparés par leur femme et les mangeaient sur place, riant, rejouant les meilleurs moments de la partie tout juste achevée, les vainqueurs à chambrer les perdants du jour, à raconter insatiablement les mêmes actions décisives, les mêmes erreurs grossières, les mêmes feintes, les gestes géniaux. Puis ils repartaient tous vers leur dimanche après-midi, la douche, la télévision.

Ils rentraient ce jour-là, père et fille, ils marchaient, son père avait gagné, la maison n'était pas loin et la marche épargnait à Serge, une fois par semaine, de prendre sa voiture. Le sac, c'est elle qui le portait, elle en était fière, il y avait dedans à l'aller comme au retour les vêtements de son père, son tee-shirt, ses crampons. C'était un sac de sport bleu de la marque Adidas, en tout point identique à celui qu'elle gardait à présent sous son lit.

Pourtant, l'un de ces dimanches, sur le chemin du retour, une rencontre était venue troubler l'harmonie parfaite, la joie étale de leur entente, père et fille, match et sandwich et mer au loin, retour à pied, silencieux, heureux, interrompu seulement parfois par l'un ou l'autre qui re-racontait encore : les mêmes actions décisives, les mêmes erreurs grossières, les gestes géniaux. Comme ils passaient devant les hautes grilles toujours fermées, étincelantes, du tennis sporting club de la ville, ils avaient vu en sortir Livio, l'oncle, accompagné d'un homme au sourire inquiétant, regard insaisissable, cheveux étrangement clairs, et d'une petite fille qui devait avoir comme elle dix ans, tout au plus, et qu'elle identifia aussitôt comme la fille de cet homme au sourire glaçant, figé comme un masque.

Livio, vêtu d'un costume de lin frais et clair, qui avait toujours gardé sa grande beauté méditerranéenne et son humeur généreuse, avait salué son frère, lui avait présenté l'homme qui l'accompagnait : ils avaient déjeuné ensemble au restaurant du club, juste après le cours de tennis de l'enfant. Vertu n'avait rien écouté de leur conversation brève et enjouée, elle avait seulement regardé les deux frères, se ressemblant si peu malgré les quelques années à peine qui les séparaient, l'aîné d'une éternelle jeunesse victorieuse et le cadet, son père, marqué déjà par une flétrissure invisible. Surtout, elle avait fixé l'autre fille, son petit polo blanc, son short rose, ses socquettes et ses tennis immaculées, enfin, et tout particulièrement, sa coiffure : une frange bien droite de cheveux châtains, une raie au milieu d'où partaient deux nattes qui avaient été attachées, sur la nuque, par un simple élastique doublé d'un ruban blanc. Vertu avait regardé la petite fille sans mot dire, elle avait senti aussi, à la surface de sa peau, le mépris à peine voilé dont Livio couvait son frère et qui suintait comme un fluide malsain dans chacune de ses phrases affables, dans chacun de ses éclats de rire débonnaires. Serge, lui, ne bronchait pas. Arrivé en France à peine un an avant lui, Livio, l'aîné, déjeunait désormais avec les notables de cette ville, quand lui continuait de vivre parmi les siens, sans espoir de jamais avoir accès à d'autres strates de ce pays inaccessible. Livio avait réussi là où Serge avait échoué : on pouvait seulement l'envier, l'admirer.

Vertu, quant à elle, regardant les deux frères, puis l'autre petite fille et l'homme au sourire glaçant, se promit de ne jamais ressembler à aucun de ces quatre-là.

Elle n'adopterait pas l'innocence lisse, immaculée, de ceux à qui tout est dû, ni la rouerie mielleuse de ceux qui pensent parvenir, ni enfin la soumission des plus faibles. Elle ne chercherait ni le pouvoir ni l'impunité qui l'accompagne. Elle refusait toutes ces alternatives, et ce refus présageait tous ses refus à venir, sa répugnance à endosser sur le long terme aucun des différents rôles que le pays lui proposerait de jouer. Ainsi, sa décision contenait le germe de toutes les péripéties, de toutes les intrigues à venir : son changement de nom, la rupture brusque d'avec sa famille pour épouser la voie de la vertu et de la capitainerie, puis l'abandon de cette existence même avec laquelle elle avait, pourtant, si parfaitement coïncidé. Cela ouvrait une béance, probablement, mais Vertu ne craignait pas les gouffres.

Des années plus tard, s'endormant capitaine de la brigade des fraudes avec sous son lit un sac probablement rempli d'argent sale, elle songerait parfois de nouveau à cette rencontre fortuite devant le tennis sporting club de sa ville natale. Elle reverrait l'homme au sourire effrayant et elle distinguerait alors nettement ce qu'elle n'avait pas perçu enfant : ces cheveux clairs étaient des cheveux teints. Une tentative pathétique et sans doute complètement vaine pour masquer qu'il venait, lui aussi, de l'autre côté de la mer.

L'homme dont l'enfant venait apprendre le tennis avec les enfants des bonnes familles de la ville était, lui aussi, un intrus parmi ces gens ; son déguisement grossier n'avait pu berner que ceux qui étaient du même monde que lui. Elle se rappela alors les mots de Serge annonçant à Dolly qu'il avait croisé Livio, à tu et à toi avec l'homme-qui-déjeunait-au-sporting. « Je le connais, ce type, avait répondu Dolly d'un ton de vague supériorité, c'est X. Il a épousé une Française. »

Ils vivaient tous « sous couverture », avait songé Vertu, repensant aux adultes de son enfance, avant de sombrer dans le sommeil. « Infiltrés dans leur propre vie. »

Elle passa les jours qui suivirent sa démission dans un mélange inconfortable d'accablement, de tristesse, d'agitation extrême. Elle attendait, sans savoir ce qui surgirait de cette vacance. Il semblait que son esprit, chien de chasse habitué à courser les renards, désormais tournait en rond dans une pièce trop petite, désœuvré, prêt à bondir sur tout ce qui ressemblerait de près ou de loin à du vivant, du palpitant, quelque chose qui se dévore, un corps irrigué de sang chaud. Le sac était toujours là, sous son lit, comme un monstre en sommeil.

Un de ces soirs, alors encore que tout était ouvert, tous les chemins possibles, elle rêva de nouveau de son père et des retours de match.

La même scène était reprise, à la sortie du tennis sporting club de sa ville natale, seulement les rôles étaient distribués différemment. Son oncle était à présent l'homme important, celui qui avait ses habitudes et ses entrées parmi les notables de la ville ; l'homme aux cheveux teints, au sourire figé, n'était qu'un subalterne à qui il avait donné rendez-vous là par commodité, pour traiter en toute tranquillité ses affaires courantes ; son père regardait Livio avec des yeux à la fois admiratifs et furieux, la haine couvait, perceptible, elle inondait toute la scène, la haine de Serge pour son frère aîné, l'incapacité haineuse de Serge à supporter plus longtemps le mépris, l'écrasement, la morgue, son désir de revanche, d'une réussite ravageuse, quels que soient les moyens, ce désir même qui, dans sa vie, l'avait mené à sa perte. Mais il y avait une seule enfant.

C'était elle, Vertu, que son père était venu récupérer après l'avoir prêtée le temps d'un après-midi à son oncle pour jouer les nièces exemplaires, à qui l'on offrait des cours de tennis avec les enfants riches de la ville, Vertu déguisée en petite fille des beaux quartiers, rongée elle aussi de colère, de honte. Elle avait un seul désir : défaire les nattes nouées derrière sa nuque, déchirer le ruban blanc, s'arracher les cheveux.

Vertu s'éveilla en sursaut, elle écumait de rage au cœur de la nuit.

Elle ne savait plus lequel des deux souvenirs était réel. Si elle était ou n'était pas cette petite fille en ruban blanc, contrainte elle aussi, dès son plus jeune âge, au déguisement qu'on exigeait en France de ceux qui veulent parvenir à quelque chose, humiliée par cette contrainte, par cette tentative toujours déjà vaine de se faire passer pour ce que l'on n'est pas. Elle le savait, le mieux qu'elle aurait pu espérer, c'était de ne pas se faire remarquer, d'habiter si peu son corps de qualités particulières que nul ne prêterait jamais attention à elle. Depuis l'enfance, elle était si peu elle-même, elle avait si peu investi sa propre existence qu'elle y avait gagné ce don d'une quasi-invisibilité, d'une transparence qui ne troublait que ceux qui pensaient à poser sur elle leur regard un peu plus longtemps. Quelle meurtrissure soudaine et quelle fureur de se voir en enfant docile, singeant avec talent la comédie à laquelle tous les adultes de son entourage se pliaient, affublée d'un ruban sage qui lui servait de sauf-conduit, car la sphère dans laquelle on voulait l'introduire, si elle n'était jamais dupe de votre origine réelle, du moins récompensait les tentatives d'adaptation. On laissait entrer, momentanément, ceux qui avaient revêtu la tenue exigée, du geste généreux du châtelain qui permet aux domestiques d'assister au feu d'artifice puis les congédie à la fin de la nuit, parce qu'il faut savoir faire preuve de fermeté mais aussi, par moments, de largesse, et parce qu'il y a une jouissance cruelle – peut-être la plus haute – à voir miroiter son propre monde dans les yeux de ceux qui n'en feront jamais partie.

Plus d'une fois, elle avait entendu ces discours de rancœur, de frustration, dans la bouche de malfrats qu'elle venait juste de coincer, qui expliquaient leur itinéraire comme le seul moyen possible d'arriver à vivre un peu mieux.

On n'accède pas sans s'avilir, songeait-elle. Elle détestait sa propre raideur. Elle se rappelait le désir si grand projeté sur elle comme une ombre, l'espoir jamais formulé de la voir « parvenir », et son refus à elle, instinctif, sa méfiance. Elle savait aussi le destin des renégats, conspués, admirés de part et d'autre, comme si leur ascension était due à un mérite spécial, et non à leur seul talent de servilité. Il faut être étonnamment dépourvu d'orgueil, ou de la plus simple estime de soi, pour n'avoir d'autre ambition que de ressembler à ceux qui, des décennies, des siècles durant, ont écrasé la gueule mal faite de la lignée dont on descend.

Quelle comédie, se disait Vertu. J'aurais eu la grâce et la douceur de ceux à qui tout sourit. La seule réponse était la destruction.

À cet instant précis de son histoire, si elle n'avait pas été parfaitement isolée, si déjà elle n'avait pas sombré dans une forme particulièrement engluante de désespoir, sans doute, Vertu, fidèle à ses propres rêves secrets, serait devenue guerrière. Elle aurait trouvé des alliés, elle aurait rejoint ceux qui déjà luttaient, elle se serait mise à leur service, elle aurait su faire oublier, faire pardonner son passé de flic, elle aurait été le capitaine fougueux d'une révolution à venir, et au grand jour du soulèvement, on aurait scandé son nom, parmi d'autres, pour fêter l'avènement d'un monde nouveau.

Cependant elle céda à d'autres puissances, qui de longue date attendaient leur heure. Elle laissa l'envahir le sentiment de la souillure, le mépris dans lequel son père avait vécu rejaillissant sur elle comme un fluide infamant. Elle abandonna toute tentative de maintenir quelque unité dans son histoire, dans son esprit, elle céda aux vagues successives de violence, de dépit, de colère qui montaient d'elle et la submergeaient, elles étaient là depuis toujours.

Peu importe, songeait Vertu. Que je m'effondre ou me dissolve. Peu importe ce qui doit advenir de moi. Ses poings étaient serrés et prêts à cogner tout autour d'elle ; peu importe si je m'éveille sans connaître mon nom, si le désespoir m'engloutit et que je ne sors plus jamais de cette pièce, si malgré toutes mes tentatives d'autodestruction je me relève et retourne les armes contre plus fort que moi. Peu importent désormais mes choix, ma morale inflexible. Je renonce à tout chemin, à toute intrigue, l'heure est au naufrage.

À cet instant précis, sous son lit, le sac bleu s'était entrouvert, et à l'intérieur, comme une pluie, comme une ramure, les billets s'étaient mis à frémir.

La compagnie des ombres

« Lorsque j'étais enfant, sous l'influence de certains récits de pacotille dont l'intrigue tortueuse, après avoir pris des détours inextricables et sombré dans l'invraisemblable et l'effrayant, se résolvait par le réveil en sursaut du personnage principal et par l'explication commode "ce n'était qu'un rêve", j'imaginais parfois que je m'étais endormie un an auparavant, deux, trois ou plus encore, et que j'allais me réveiller, toute petite, n'ayant pas vraiment vécu ce que je venais de vivre, à huit ans, cinq ans, créature sans parole. Il faudrait tout recommencer. »

Elle est assise au bord du lit, elle regarde fixement le mur, face à elle, plongé dans l'obscurité.

« Non. »

« N'essaie pas de me consoler ni de me convaincre. Laisse ta main où elle est. Ne l'approche pas de moi. Toi non plus, ne bouge pas. C'est inutile. Ne bougez pas. Restez là. Ne dites pas mon nom vous savez qu'il est usurpé. N'approchez pas. Je sais que vous attendez une défaillance, une inattention, une chute même infime de ma vigilance pour approcher et me saisir. Mais tant que je reste ici dans la lumière, sur le rectangle blanc du lit, et vous dans l'ombre, tant que je vous ai à l'œil vous ne bougerez pas. Vous n'approcherez pas. Vous ne me toucherez pas. J'y veille. »

Elle se soulève un peu et tend le bras pour saisir à sa droite les comprimés blancs qu'elle décachette, place soigneusement au creux de sa main qui ne tremble pas, jette d'un coup sec au fond de sa gorge et fait passer d'une lampée d'eau fraîche. Elle regarde les ombres, créatures indistinctes aux formes presque humaines perdues dans quelque forêt tropicale et profonde, plongée elle aussi dans l'obscurité.

Comment parvient-elle à les embrasser du regard, tandis qu'elles l'encerclent ?

« Si je maintiens les yeux ouverts, vous demeurerez immobiles. Je vous vois hocher la tête en signe d'approbation. Il y a tout autour de moi des rumeurs, des voix qui m'appellent ailleurs, j'entends les cris dehors mais je reste là, dans cette pièce unique, en votre seule présence. Les pupilles des bêtes se dilatent lorsqu'elles sont effrayées, les miennes sont toujours dilatées, car je dois voir plus qu'on ne voit, je reste sur mes gardes, je ne sais jamais ce qui est tapi, dans le coin de la pièce, le coin de la rue, et attend seulement mon passage pour bondir, me prendre à la gorge. Du temps que j'étais capitaine… » Quelque chose comme un rire la prend. Une espèce de glouglou étouffé au fond de sa gorge, de long vomissement contrarié.

Elle ferme les paupières un instant, les ombres d'un coup se relèvent. Leurs yeux s'allument. Les ombres qui peuplent l'espace entier de cette chambre, tout autour de ce lit, canot de sauvetage qui pourrait être englouti et le sera, les ombres par terre, sur les murs aussi, et au plafond, tête en bas, pelotonnées les unes contre les autres, aux aguets soudain, leur regard comme une myriade de points rouges rivés sur Vertu qui, brièvement, d'épuisement a fermé les yeux, avant de les rouvrir. « Vous n'approcherez pas. Si le sommeil venait vraiment, je sais bien ce qui adviendrait, cela a eu lieu, déjà, je connais vos préférences malignes et votre emprise, je me souviens précisément comme vous êtes venues vers moi, comme vous vous êtes dissoutes dans l'air que je respirais, comme vous êtes entrées dans mon corps par toutes les ouvertures possibles, comme vous y avez déposé votre amertume, je sais votre puissance et votre obstination, j'ai été dévorée et me suis relevée au prix d'un mensonge, et n'ai tenu à ce mensonge que parce qu'il avait permis que je me relève. Nous sommes de longue date liées, mais je ne céderai pas, et si je cède… » De nouveau ce son étouffé et humide, au fond de sa gorge, une déglutition sale, écœurante pour qui la percevrait, mais il semble qu'il n'y ait personne, et le temps n'a plus cours, la ville n'est plus la même.

Lorsque Vertu se lève, lorsque le jour revient et qu'elle quitte son studio, c'est pour errer dans une ville qu'elle ne reconnaît plus, toujours s'adressant à son cortège noir qui la suit comme un voile de deuil et obscurcit tout autour d'elle, et sans doute le seul remède à tout cela serait les larmes, mais Vertu n'a jamais su pleurer vraiment, n'a jamais su assez s'ouvrir pour que ce genre d'épanchement puisse advenir.

Arrive-t-il parfois à Vertu de rentrer chez elle ivre morte ?
Oui, naturellement.
Est-ce qu'elle consomme des substances qui altèrent sa perception de la réalité ?
Semble-t-il.
Est-ce qu'elle se met consciemment en danger ?
Oui.
Est-ce qu'elle éprouve parfois des difficultés à distinguer ce qui a eu lieu de ce qui n'a pas eu lieu ?
Manifestement.
A-t-elle répondu avec exactitude aux questions qui précèdent ?
Non.

« Je respire plus difficilement, ce n'est pas l'oppression, c'est seulement parce que je le sens : à chaque inspiration je m'obscurcis. Si vous ne pouvez fondre sur moi toutes ensemble, comme un abattement, vous vous dissoudrez lentement et vous mêlerez à ma chair d'une autre manière, vous vous interposerez entre le monde et ce qui reste de moi, formant brouillard, fumées vaines et furtives, mais qui ne se dissipent pas. J'ai vu les grenades tout autour de moi et les ai ramassées, les unes après les autres, je n'avais pas peur du feu, des éclats, des fumigènes, je n'avais peur de rien, je les ramassais les unes après les autres et les lançais vers vous, malgré l'encerclement, malgré votre nombre et votre puissance, je me penchais, saisissais et lançais, sans crainte du danger mais non sans conscience, puis j'ai vu quelque chose qui m'a arrêtée, j'allais saisir celle-ci encore, mais il y avait déjà un poing serré sur elle, une main refermée sur la grenade que j'allais saisir. Ce que je n'ai pas compris, c'est l'absence de sang. Le calme tout autour. Seulement les grenades, les pavés, vous en face et moi qui me baissais, lançais, de nouveau, jusqu'à voir cette main par terre. Aucun cri. Aucun autre corps.

« En réalité je ne sais pas ce qui a eu lieu. J'étais à l'intérieur, à cette époque, je vivais dans la brigade, de la brigade, je pourchassais les fraudeurs dans mon labyrinthe, comme un rat de laboratoire, tandis qu'à l'extérieur mes collègues mes frères, en première ligne, tuaient, réprimaient, humiliaient. Aujourd'hui je paie. La conscience du devoir accompli. Le confort de la capitainerie. Je sais exactement ce qui a eu lieu. J'étais à l'intérieur et vous dehors... »

Il semble que la douleur soit supportable.

Parlera-t-on seulement de douleur ?

Malgré le trouble, la confusion à chaque instant de solitude – c'est-à-dire à chaque instant –, rien ne l'empêche de poursuivre. Puisque l'oisiveté ne lui sied pas, elle s'invente soudain un nouveau métier, cela n'a rien de difficile, de capitaine devenir détective, il suffit presque de le dire pour que cela advienne, soit advenu.

Elle voit ses clients en matinée, c'est un effort considérable.

Du travail que l'on s'inflige non par nécessité, mais dans l'espoir d'une vie qui semblerait normale. C'est un effort considérable, écouter, comprendre, rassurer, établir un dossier, entreprendre une enquête. Tout ce qu'elle sait faire et prenait, autrefois, plaisir à exécuter. Colossal. Elle s'effondre de fatigue à midi, le téléphone continue de sonner, les mails d'affluer, elle ne supporte pas la lumière du jour, elle se calfeutre rue de l'Espérance, s'assied sur son lit blanc de peur de s'allonger, de fatigue s'étend mais garde les yeux ouverts, puis malgré le café, les cachets, la volonté inflexible de ne jamais dormir, elle cède au sommeil, alors les ombres se relèvent, l'assiègent, acharnées.

Sans doute, Vertu pourrait encore remporter contre elles cette lutte inégale. À l'usure : leur céder, certes, il le faut bien, mais finir par gagner quand même, parce que quelque chose aura eu lieu, dans les journées qui se succèdent, les enquêtes qui reprennent, les voyages, les rencontres, les entretiens, les planques, tout cela mené à bien par le corps de Vertu se déplaçant d'un endroit à un autre, et parfois des sons sortent de sa bouche et on dirait qu'elle parle, parfois son visage forme un sourire, mais la chose à l'intérieur qui subsiste, c'est juste l'entêtement à ne pas disparaître, la dernière inquiétude à l'intérieur d'un corps fantôme, d'un corps déserté, inquiétude qui ne mène, littéralement, à rien, mais reste assez forte pour que Vertu ne s'efface pas complètement.

Est-ce que Vertu parfois a l'impression d'être suivie ?
Constamment.
Est-ce que des silhouettes insistantes l'observent lorsqu'elle parcourt la ville ?
Sporadiquement. Et des parcmètres.
Est-ce que les chiens aboient plus fort à son passage ?
Toujours, mais c'est peut-être dû au hasard.
Est-ce que des animaux inconnus ou des insectes traversent sa chambre en un éclair puis disparaissent ?
Qu'entendez-vous par « disparaître » ?
Est-ce que Vertu sent en elle une substance toxique mêlée à son sang, mais toutefois plus épaisse ?
Voulez-vous dire : une substance plus épaisse que son sang dans son sang ? Ce genre de substance qui, épaississant son sang, l'empêche de circuler comme il se doit, de porter l'oxygène aux organes nécessaires à sa survie ? Une substance qui peu à peu se substituant à son sang finira par s'immobiliser presque dans ses veines, ralentissant les battements de son cœur, cyanosant tout son organisme ?
Oui.

Elle n'a pas bonne mine. Elle n'a eu aucun mal à se faire une réputation, et les clients affluent, toujours plus nombreux, anxieux, projetant sur elle leur dernier espoir. Une ex-flic. Qui a gardé son titre, capitaine, en guise de prénom, sans majuscule. Impossible d'ailleurs que la brigade des fraudes ne l'ait pas appris. Mais la brigade s'en fout : Vertu est une affaire classée.

Ainsi, de nouveau, la rumeur s'est emparée d'elle, et l'on sait désormais qu'il y a dans la place une détective capable, efficace, une traqueuse. À ceci près qu'elle disparaît parfois des semaines entières sans que l'on puisse savoir où elle se terre. Et reparaît, le teint plus que jamais grisâtre, l'élocution hasardeuse, le cheveu terne et le regard voilé, chaque geste empreint d'une lassitude infinie – mais avec des réponses, avec des photos, avec des pistes, un nom, un numéro de compte, une adresse : un butin.

« Si jamais quelqu'un revient à l'intérieur de moi, j'aimerais sans doute savoir qui c'est. Vous, je ne vous appelle pas honte ni chagrin, je ne vous donne aucun nom. Vous, chaque fois que je cède à la fatigue, vous fondez sur moi et me rongez, me pénétrez de part en part, mais ce n'est pas le désespoir ni la tristesse ni la mélancolie. Ce n'est pas l'asphyxie, la désolation. C'est seulement vous. Sous le lit, les billets bruissent, comme vous je les entends. Est-ce de là que vient ma peine ?

« Lorsque je reviens à moi je sais votre passage parce que mes cheveux sont pleins de cendre, parce que sous ma peau grouillent de sombres particules infimes et innombrables, et mon sang bouillonne très légèrement mais je ne ressens aucune démangeaison, je sais seulement qu'elles sont là. Vous laissez partout trace de votre passage et mon seul étonnement c'est que ma langue ne soit pas noire et tuméfiée, c'est que je respire encore sous ce qui m'écrase et parfois même, quand la situation l'exige, je cours. »

Les ombres acquiescent. Elles ont une attention méfiante, précautionneuse, écoutent Vertu comme on laisse divaguer un étranger hagard sur un bord de trottoir, parfois chuchotent entre elles, comme tenant conciliabule. On ne voit pas leur visage changeant, jamais on ne pourrait les approcher ni les toucher ; leur matière même se transforme au gré des mots de Vertu.

« Comme la violence est chose facile, quand il s'agit seulement de disperser des agités. De leur faire passer le goût de la révolte, de les mettre hors d'état de nuire.» Encore ce hoquet disgracieux, sanglot ou cri, ravalé avant d'être émis.

Elle sent autour de sa gorge la main froide et moite d'un adulte. Voilà qui est nouveau. Non pour l'empêcher de respirer, mais pour la faire taire. L'empêcher de voir. Se débarrasser de ce qu'elle est en train de devenir : un témoin gênant.

« J'ai servi mon pays avec loyauté et passion. Je connaissais pourtant ses péchés. Je savais : les noyés dans toutes les eaux, dans les fleuves et dans la mer traversée des décennies auparavant par mon père, je savais la violence quotidienne infligée comme par inadvertance et, surtout, les corps démembrés, les yeux écarquillés de terreur, les lèvres fendues, les mains déchiquetées, la pornographie incessante de la répression. Je me souviens qu'il était derrière moi, à natter mes cheveux, c'est lui qui a eu cette idée, les nouer sur ma nuque, et c'était un geste tendre car ma mère s'en désintéressait. J'ai vu mon visage dans la glace, j'ai vu le sien derrière et je nous ai haïs de jouer cette comédie, j'étais sa fille qui va au foot, celle qui porte son sac bleu, pas cette enfant à la frange droite et au sourire figé. Livio serait ravi, a dit Dolly, mielleuse, comme nous partions ; je devais profiter de ma chance.

« J'ai pensé : tu vendrais ta fille.

« Comme je ne pouvais pas la taper, j'ai craché par terre, de toutes mes forces, craché sur ce qu'ils étaient, sur ce qu'ils voulaient faire de moi, sur leur servilité, leur ambition, j'ai vu mon père devenir livide, j'ai vu ma mère s'approcher de moi pour me gifler, mais ce n'est pas ce qu'elle a fait, elle m'a saisie à la gorge, sa main était glacée, et elle a soufflé, très lentement : "Ravale." Elle n'avait pas besoin d'en dire plus : "Baisse les yeux, ravale ton crachat, ta fierté, tu ne vaux pas mieux que nous, mais tous les moyens sont bons : par toi aussi nous entendons réussir." J'ai perdu connaissance. Je ne sais pas combien de temps. J'ai vu seulement, tandis qu'elle serrait mon cou, s'échapper de mes lèvres une fumée légère qui devait être mon âme.

« C'est cette fois-là que je suis morte. Puis encore et encore. Toujours sans m'en apercevoir. Je me réveille en sursaut dans la nuit et… » Sa voix se rompt ici et ce n'est pas son hoquet bizarre, cette fois, mais l'impossibilité de dire ce qu'elle a vu cette nuit. Sans doute la vision même de ce qu'il y avait au bout de son bras droit endormi, insensible, qu'il a fallu dans l'obscurité chercher de la main gauche, à tâtons sur l'oreiller, saisir puis agiter pour que le sang y revienne – la vision s'est dissipée et il ne reste que la terreur. Elle jette un coup d'œil furtif à sa main, qui est là. Sa main a recouvré son apparence, à moins que, par quelque subterfuge, elle ne soit parvenue à masquer son aspect terrible – mangée vive, grouillante –, à camoufler d'une peau faussement intacte et saine ce qui est, véritablement, en cours et finira, c'est une certitude, par remonter le long du poignet, par gagner le bras tout entier, par s'infiltrer dans tout son sang et pourrir sa chair.

« Mais ce n'est pas là ma folie. »

De nouveau ses yeux sont si brillants qu'ils semblent illuminer les ombres elles-mêmes. Elle est cette fois assise en tailleur tout en haut du lit blanc.

« En vérité, toute ma folie est dans mon nom. Devenir Vertu. Je ne connaissais ni le doute ni la fatigue, je voyais le monde s'effondrer autour de moi, mais je poursuivais un but supérieur et j'étais hors d'atteinte. Ce que je ne savais pas, alors, c'est que le monde nous emporterait dans sa chute. »

Un silence accablé règne de l'autre côté du lit. Les ombres se sont avachies, recroquevillées les unes contre les autres. Et tandis que Vertu de nouveau s'allonge, entreprend de fermer l'œil sans craindre tout à fait que l'assemblée, ce soir, tandis qu'elle dormira, la blesse ou peuple son sommeil de rêves féroces où son corps sans défense sera à la merci des prédateurs, quelque chose de sourd et de très doux se fait entendre ; une petite ombre, de sa petite voix d'ombre, bouche fermée, s'est mise à entonner un chant de consolation, celui dont les paroles disent : « J'ai parfois l'impression que c'en est *presque* fini de moi – loin, loin de ma maison. »

Les ombres autour de la plus petite une à une se joignent à son chant, et celles qui avaient des griffes au bout des doigts à présent ont de longs cils soyeux, celle dont le visage furieux vous aurait fait bondir de frayeur a revêtu une voilette crépusculaire et vaporeuse. Dans le chœur apaisé des ombres, Vertu s'endort.

Depuis combien de temps n'a-t-elle pas connu de sommeil aussi profond ? Il règne autour d'elle une douceur cotonneuse, une obscurité qui la recouvre et la protège. Son corps est entièrement plongé dans un duvet très chaud, et lorsqu'elle ouvre les yeux, il y a autour d'elle un jardin familier, le grand parc qu'elle traverse parfois lors de ses longues errances quotidiennes. Son regard se perd dans la ramure d'un arbre noir et c'est peut-être ainsi qu'apparaît, au loin, le cerf. Elle le distingue avec une netteté que ne devrait pas permettre la distance, proche et lointaine, apercevant à la fois la scène dans son ensemble et chaque détail : le profil cambré du cerf tandis que les chiens l'attaquent, les deux chasseurs dont l'un porte un cor, l'autre, monté sur un cheval gris pommelé, un fouet. Les chiens sont très nombreux et mordent l'animal. Le cerf dévoile son ventre là où les chiens mordent. Ils s'acharnent et déjà les chasseurs refrènent la meute, en tiennent deux par le collet. Lorsque l'on dépèce un animal dans la neige il y a beaucoup de sang. Là, rien de rouge. L'image est immobile, la neige, par touches, grise, beige, blanche, rosée. Elle voit très précisément la crinière ondulée du cheval, le fin profil rose clair d'un chien qui s'esquisse à peine, entre les troncs de la forêt.

Ce n'est plus le jardin, devant elle, c'est un tout autre paysage. Une plaine enneigée, forêt de bouleaux, sur la gauche, et sur la droite, une rivière glacée, d'un bleu métallique, inédite. Il y a là une beauté qui l'atteint.

Elle s'extrait du duvet, remarque sous ses chaussures une fine pellicule ocre, traverse l'allée, avance vers la pelouse complètement blanche, marche lentement vers la scène de chasse, qui demeure silencieuse. Pas un crin du cheval ne s'agite dans le vent, les chiens montrent les dents et le cerf se cabre encore, mais rien ne bouge pourtant, le fouet figé en l'air dessine un trait noir, une ondulation souple, et surtout il y a ces couleurs qui l'attirent, l'appellent, ces touches de neige rose pâle, brun clair, bleues, blanches. Elle tend la main vers elles, comme un aveugle avance en tâtonnant, elle ne s'étonnerait pas de découvrir soudain ses doigts maculés de peinture. Elle croit voir comme là-bas, soudain, l'homme aux chiens hausse un sourcil dans sa direction, et comme le cavalier subrepticement tourne la tête vers elle, avant de reprendre la pose. La scène demeure, sinon parfaitement immobile, figée dans le temps comme doit l'être une mise à mort, l'hallali du cerf.

Elle approche dans l'air froid et ouaté, ses pieds foulent une neige qui ne crisse pas, elle plisse les yeux pour atteindre le point qui l'aimante, mais plus elle avance, plus tout s'estompe, les chiens dans la forêt se mêlent au tronc des arbres, le cheval pommelé disparaît dans le bleu de la rivière, les chasseurs s'effacent peu à peu, tachetés de flocons d'abord épars puis de plus en plus denses, leurs corps se confondent avec la couleur du ciel, celle du sol, cette blancheur. Parfois le sol tremble, mais c'est infime, passager. Il n'y a guère que le cerf qui demeure visible et Vertu pense que si elle accélère, elle le trouvera vivant encore, qu'il y aura là une bonne bête chaude à secourir, auprès de laquelle s'agenouiller, qui reprendra son souffle doucement, dont elle pansera la blessure. Secourir et panser, ce ne sont pas ses mots. Elle n'a jamais cherché à contrebalancer par une action bienfaisante le mal qui ronge son monde. Il n'y a rien à sauver, songe-t-elle. Pourtant elle accélère sa marche vers la bête à l'agonie. Elle approche hors d'haleine du point de rayonnement de la scène de chasse, et lorsqu'enfin elle parvient auprès de l'animal, tout le reste a disparu. Ni forêt ni rivière ; adieu, chiens, chasseurs, cheval et fouet ! Le corps du cerf est chaud, mais il est déjà mort. Elle s'agenouille et presse sa main contre son poitrail. Quelque chose vit, encore un instant, sous la fourrure brune, puis s'éteint.

Ses yeux sont clos, ses naseaux immobiles, on voit ses dents à peine dans sa gueule entrouverte. Aucune blessure. Elle le regarde longuement, sans chagrin. Là où les chiens ont mordu, son pelage est humide et froissé. Sans doute, son cœur a lâché. La terreur a fait son œuvre, avant toute plaie réelle, il est mort d'avoir su qu'il mourrait.

Elle reste agenouillée, la main sur son poil encore tiède. Soudain, comme s'il fallait le soulever, l'emmener avec elle, elle saisit le corps du cerf, l'étreint, passe un bras sous ses pattes de devant, de l'autre bras l'enserre, tente de le relever, de se relever avec, sent contre elle tout le poids de la bête, porte contre elle ce corps si lourd, qui l'écrase et l'oppresse, lui échappe et la fait trébucher, elle chute et ce corps est sur elle, sa gueule douce et désolée toute proche de son visage, l'odeur musquée de la mort qui bientôt affleure, elle dans la neige sous le corps du cerf mort, tout autour un néant blanc et flou comme un rêve qui ne lui a jamais appartenu, le poids de ce corps qui l'écrase puis bascule à côté d'elle.

Elle se relève avec lenteur, le regarde gisant, hésite un instant. De nouveau elle se penche, s'abaisse lentement, et précautionneusement s'allonge auprès du cerf, au plus proche; comme pour quelque union monstrueuse, elle colle tout son dos contre le ventre de la bête et attrape de chaque main tremblante ses fines pattes avant, surmontant la peur qu'elles ne s'animent et surmontant la peur, aussi, qu'elles ne se détachent, lentement elle se redresse, tente de se relever, le cerf mort sur son dos comme on porte un malade ou un vieillard si faible qu'il ne saurait marcher, dans son cou le museau froid, elle sait son œil fermé, son oreille velue, un genou sur le sol et un pied pour prendre appui, elle réunit ses forces, parvient contre toute attente à se mettre debout, sur son dos la dépouille imposante, un instant la voici toute droite, triomphante, prête à repartir, mais sous le poids de la bête, elle perd l'équilibre au premier pas et chute encore, de tout son long, son front heurte la neige et saigne légèrement, d'un rouge frais qu'elle ne voit même pas, le cerf dans la chute a rendu un son mat et seulement maintenant, quelque chose cède, seulement maintenant, après toutes les luttes et toutes les défaites, tous les abandons, toutes les rages, quelque chose cède, qui n'a pas de nom, un torrent puissant la traverse, une eau retenue depuis si longtemps, la bête et son pelage profond, ses yeux clos, la bête morte de plus en plus froide, bientôt elle sera raide et tout sera fini, en elle ce torrent, et son cœur, comme s'il n'avait jamais battu vraiment, qui maintenant bat à tout rompre.

Lorsqu'au matin elle s'éveille, elle sait que la chambre est vide. Les ombres se sont dissipées, mais elle ne ressent aucun soulagement. Ne sachant combien de temps la traversée a duré, elle chancelle, comme lorsqu'on touche terre et qu'on doit réapprendre à marcher sur un sol qui ne tangue pas. Au premier coup de téléphone du premier client du jour, il lui faut reconnaître, naturellement, que son nouveau travail est une erreur. Un fardeau qui ne l'occupe ni même ne la distrait, mais l'entrave. C'est un homme haletant, à l'autre bout du fil, qui demande s'il peut la voir au plus vite.

Dans le café où elle le reçoit une heure plus tard, il est comme les autres, à craindre que quelqu'un, parmi les clients, n'entende son histoire, personne ne prête attention à nous, lui dit-elle, et comme les autres il a ce regard presque déçu.

Une femme a disparu, dit-il. Il l'aimait. Mais il ne sait décrire précisément ni son apparence ni son caractère. Il le faut bien, pourtant. Il regarde Vertu et se lance, hésitant. Elle était un peu blonde. Menue, sans être petite. Comme vous, mais en plus frêle. Vertu ne réagit pas. Elle veut connaître un signe distinctif. Ses yeux, répond-il très vite. Ses yeux mauves certains jours d'orage. Mais le reste du temps, bleu clair.

Il ne sait presque rien lui dire dont elle pourrait tirer profit, connaît à peine le jour exact de la disparition, ne semble rien savoir de celle qu'il dit aimer.

Il se met à faire cette chose inutile que tous font; il raconte. Elle doute parfois qu'on vienne la voir pour autre chose que pour cela, du reste, quelqu'un à qui parler, qui vous écoutera jusqu'au bout, non par intérêt, naturellement, mais en quête d'un détail, transmis à leur insu. Or, tandis qu'il raconte, elle observe ses mains, qui ne mentent pas, qu'il ne contrôle pas.

Ses doigts s'agitent sur la table, ils semblent manipuler un objet invisible. Ses mains sont très soignées, la paume carrée et les doigts longs, un peu épais. Elle voit comme ils fourragent dans les cheveux de la disparue, comme parfois ils saisissent la chevelure entière, si fine, et referment le poing. Ils se referment aussi sur sa nuque, ses poignets, l'enserrent, la retiennent, recouvrent sa bouche tandis qu'elle crie. L'attrapent par l'épaule lorsqu'elle s'échappe. Ses mains ont perdu quelque chose qui leur appartenait et désormais elles sont en manque. Elles s'accrochent au bord de la table, jouent avec la soucoupe de la tasse, la tasse elle-même, tandis que l'homme raconte maintenant sa rencontre avec celle qu'il aimait, cette femme qu'il connaissait à peine, alors, et qui l'a suivi. Elle regarde son index et son majeur joints, à présent acharnés à faire disparaître une tache invisible sur le vernis de la table du café. Elle sera retournée au pays de son père, dit-il plus tard, et Vertu sait déjà qu'elle ne la cherchera pas. L'homme insiste, il ne souhaite pas rejoindre la disparue, ni la prier de revenir, mais seulement savoir où elle est, s'assurer qu'elle est encore en vie, que rien de grave ne lui est arrivé. Savoir si elle va bien, voilà ce qui l'inquiète.

Ce n'est pas la première fois que Vertu entend ces mots : « je veux seulement m'assurer qu'elle va bien » et elle sait ce que ce « seulement » recouvre de désir et de peine, de nostalgie et de tourment. Ce « seulement », c'est, bien souvent, le dernier lien, le dernier droit que l'on peut encore exercer sur celui ou sur celle qui a choisi de partir.

Vertu n'entend plus aucun mot, à présent elle fixe les lèvres de l'homme qui raconte, tout sonne faux dans cette bouche. Elle ne sait pas ce qu'il a fait, si même la disparue existe bel et bien, ce qui a eu lieu de triste ou de sordide. Elle ne veut plus rien savoir. Elle ne veut plus entendre aucune de ces histoires qu'on déverse sur elle. Elle congédie l'homme impatient en se servant de la phrase coutumière qu'elle adresse à ceux dont l'affaire ne l'intéresse pas : « Je n'ai pas assez d'éléments pour pouvoir vous venir en aide. »

Étonnamment, il ne se rebiffe pas, semble comprendre, se contente de répéter : « J'aurais voulu seulement savoir … » et part à reculons comme s'il avait, dans son dos, quelque chose à cacher. Il va falloir cesser cette activité, songe Vertu, et, une fois closes les affaires en cours, renoncer à toute occupation. Si elle avait quelque goût pour la mort, c'est sans doute le moment où il serait opportun d'en finir.

Apaisement

La ville est apaisée. Lorsque Vertu regarde ses mains, elle ne voit rien d'autre que ses mains. Depuis quelques semaines, elle a mis un terme à tout emploi utile de son temps. Les journées se ressemblent et c'est ainsi que les choses doivent être. Une vie réglée. Sans excès, sans exigence particulière. Une vie qui, achevée, se poursuit. Une suite de verbes à l'infinitif: marcher, s'asseoir, manger et dormir, écouter et se souvenir. Voir.

Il y a surtout, à quelques mètres de chez elle, le grand jardin où elle déambule. S'assoit sur un banc face à un arbre. Observe l'arbre. La pelouse. Les allées et venues des joggeurs en survêtement gris perle. La ville est pacifiée, les gens prennent soin de leur santé. Ils courent et ils suent. Puis ils retournent travailler, une fois les toxines éliminées. Ils mangent sainement et gagnent de l'argent propre. C'est une forme de félicité. Vertu pourrait y souscrire si elle ne voyait le mal partout.

On vient d'élire une présidente aux cheveux ondulés, mère de deux enfants, qui, fait inédit, parle avec douceur et respect à ses compatriotes. Elle leur promet de veiller sur eux, sur leur sécurité, leur santé, leur avenir. Elle leur sourit. Elle semble très aimée, à en croire les bribes de conversations que Vertu surprend dans les allées du jardin, aux tables voisines du café où elle s'assied chaque matin, à dix heures.

Ainsi, pour la première fois depuis plusieurs années, quelqu'un reparle des violences et de la répression. Vertu regarde, à la télévision du café, la nouvelle présidente et ses cheveux ondulés dire qu'il ne doit pas y avoir, dans une démocratie, de sujet tabou et prononcer enfin ces mots : « Les gestes des forces de l'ordre ont dépassé leur pensée. Mais j'ai confiance en l'intelligence de notre peuple qui saura ne pas prendre ces gestes au pied de la lettre. Dans une famille, on s'aime, on se chamaille, parfois on a des mots qui blessent et qu'on regrette, parfois même, on a des gestes malheureux. Il est important de le reconnaître, mais il ne convient pas de leur donner plus d'importance qu'ils n'en ont. Le danger qui pesait sur notre démocratie est désormais écarté. Je crois que nous pouvons tous être reconnaissants. Mais il nous faut rester vigilants. » Vertu regarde autour d'elle les gens dans le café, elle guette leurs réactions. Elle constate alors qu'ils hochent tous doucement la tête. Qu'ils sourient tous au visage qui leur sourit et leur parle avec douceur. Elle sait qu'ils ne se souviennent pas de ce qui a eu lieu dans les rues de leur propre ville et qu'elle passerait, elle, pour une folle ou pour un esprit chagrin, si elle le leur rappelait.

Elle se souvient de la main froide posée autour de sa gorge, mais c'est davantage une sensation qu'un souvenir.

Chaque matin, dans le jardin, il lui semble qu'ils sont de plus en plus nombreux à courir dans leur survêtement gris. Elle compte, une semaine durant, le pourcentage de survêtements gris perle en comparaison des autres couleurs, et elle constate une hausse constante. Elle n'en tire pas de conclusion. Lorsqu'elle rentre chez elle, dans la pénombre, il lui arrive parfois de voir une main par terre sur le pavé humide, elle s'approche et la main disparaît comme un mirage. Un soir, au lieu de s'approcher, elle demeure immobile, et ce qu'elle voit l'intrigue et la surprend. Ce n'est pas, comme elle l'a toujours cru, une main séparée du reste de son corps, mais tout ce qui reste, à la surface, d'un corps qui s'est enfoncé dans le sol. La main tendue de quelqu'un qui s'est noyé dans l'asphalte et que le sol continue d'aspirer, lentement, jusqu'à disparition complète. Depuis ce soir-là, elle évite, de façon absolument aléatoire, tel pavé, telle plaque d'égout, pour ne pas déclencher le mécanisme mystérieux par lequel la terre qu'elle foule se transformerait en sable mouvant. En réalité, les seules noyades qui la terrifient, qui la hantent, ont déjà eu lieu.

Les premiers flocons de neige tombent toujours comme une délivrance. Vient le silence. Vient l'effacement. Quelque chose de l'enfance, tête renversée, langue tendue. Ce ne sont pas là les gestes de Vertu, ce n'est pas non plus un souvenir. Elle voit les enfants faire cela dans le parc où il neige pour la première fois de la saison. Combien de temps depuis la démission ? Une année ? Deux peut-être. Il ne fait pas froid. La neige continue de tomber. Aujourd'hui, Vertu se remémore sa vie à la brigade comme la vie d'une autre. Ce qui l'animait alors, son fanatisme, c'était une pure soif de clarification. Et le goût du sang, l'ivresse de la prédation, lorsqu'elle poussait un fraudeur à l'aveu ou à l'erreur. Ceux qui s'étonnaient de sa solitude ne soupçonnaient pas qu'elle était sa jouissance. Sa vie avait une forme d'âpreté, de sécheresse, mais nulle fadeur.

Jadis, au siècle d'avant celui-ci, à l'emplacement du parc où elle passe désormais le plus clair de son temps, se trouvaient des carrières. Il n'y avait pas un brin d'herbe, mais des tunnels, puis tout fut recouvert. Par moments, Vertu voit tomber la neige non sur la pelouse tondue ras, mais sur ce sable ocre d'autrefois. Les carrières, après leur fermeture, avaient continué à vivre encore de toute une vie cachée, clandestine, indésirable, et ce peuple dont la ville ne voulait pas avait poursuivi là son existence, à l'abri des regards et de la matraque. Le lieu était malfamé, et le sol instable, creusé de galeries où malfaiteurs et rebelles avaient trouvé refuge et fomenté ensemble de renverser l'ordre qui les oppressait.

De leur colère, de leurs espoirs, de leurs corps fusillés, de leur long exil forcé, de leurs mains aux ongles noircis qui descellent les pavés pour édifier des barricades, il ne reste plus rien qu'une mémoire floue, imprécise, hébergée dans l'esprit divaguant d'une flic démissionnaire, hantée de visions fugitives. Lorsqu'elle ferme les yeux Vertu perçoit l'odeur du vin et de la crasse, l'odeur du sang et de la poudre, elle sent ce tremblement, comme le sol entier tremble sous ses pieds. Mais c'est infime et passager. Le passé est de la même matière que les rêves et les fantasmes. Vertu se souvient, dans tout le quartier, des plaques, en forme de blason, où se lisait l'histoire de ces rues, de ce jardin imaginé pour l'agrément urbain, avec ses fontaines, sa grotte, ses petits ponts bétonnés imitant des troncs d'arbres, ses pentes herbues, son plan d'eau. Elles ont disparu désormais, plaques et carrières. Et ce sol ne vibre d'aucune vie.

1848

Dans le jardin les gens promènent des chiens, plus rarement des chats. Parfois, au bout des laisses, il y a de jeunes enfants portant des harnais. Vertu songe qu'il doit y avoir un autre mot pour désigner ces laisses ; sans doute, on ne dit pas non plus « corde », ni même « longe ». Elle n'entend jamais personne dire ce mot, mais elle voit les gens qui s'asseyent, passent le bout de la corde autour de leur poignet et laissent leur enfant gambader en toute sécurité, car la corde est souvent très longue et cela permet un « périmètre de liberté » plus important. Puis, durant plusieurs semaines, elle ne voit plus aucun enfant en laisse, mais seulement des chiens, plus rarement des chats. Elle n'a jamais dit à Blanc qu'il la dégoûtait vaguement. Elle a toujours caché ses sentiments et ses capacités, car elle a compris très tôt que la discrétion était son atout majeur. Elle peut monter certains soirs dans un bus bondé et personne ne la voit et elle observe autour d'elle dans ces faubourgs éloignés de la capitale comment l'on vit et comme souvent les gens sont à bout, comme ils vont mal et se débattent dans une vie d'inquiétudes et comme dans le bus une étincelle jaillit pour un rien parce que plus rien ne va, parce qu'ils n'en peuvent plus de subir et de continuer à subir, parce qu'ils détestent ceux qui partagent leur infortune et assistent à leur naufrage et tout est électrique mais personne ne la remarque. Elle peut marcher invisible la nuit sous les réverbères orange.

Cependant un sentiment insiste : celui d'avoir été jouée. Et chaque soir, lorsqu'elle rentre chez elle, le sac de sport bleu de la marque Adidas l'attend, témoin ironique de sa vie nouvelle, vestige unique de ce qu'elle a été. Il faudrait s'en débarrasser, mais elle ignore comment faire. De toute façon, elle ne pourrait pas s'y résoudre. Pour éviter sa présence, elle part un peu plus tôt chaque matin et rentre de plus en plus tard.

C'est un soir clément malgré l'hiver, tout juste avant la fermeture. Elle a vu au loin, quand les sifflets des gardiens ont retenti, une silhouette singulière se diriger, comme elle, vers la sortie la plus proche. Un homme marchant très droit, au corps musculeux, vêtu d'un manteau qu'on dirait d'un autre âge, un manteau pelé ou bizarrement râpé, un de ces vêtements comme il n'en existe plus, qui aurait résisté sans complètement se défaire à l'usure de quelques décennies ou de quelques siècles, une laine increvable ou toute autre matière qui enveloppe ce corps lointain, qu'elle voit pourtant distinctement, malgré la nuit tombante. Elle accélère sa marche pour apercevoir le visage, elle pense se trouver à sa hauteur avant d'avoir atteint la sortie du parc, mais il entre (elle à sa suite) dans l'un de ces tunnels de fausse roche que ce parc affectionne.

À la sortie du tunnel, il a disparu. Vertu ne s'en étonne pas outre mesure, sans doute passe-t-elle seulement, sur son front, le revers de sa main.

Le lendemain, ses pas la conduisent de nouveau dans le tunnel où la silhouette parée du manteau hors d'âge lui a échappé. Elle entre silencieusement, ouvrant les yeux bien grands pour chercher l'issue invisible où l'homme a pu se glisser, mais elle ne voit rien sinon un joggeur et son jeune chien fougueux. À peine est-elle sortie du tunnel, pourtant, à peine en a-t-elle franchi le seuil qu'elle croit entendre deux voix rauques, tout juste derrière elle.

Se retournant très prestement, elle voit : l'homme grand et musculeux vêtu du manteau de laine râpée, une expression de morgue cruelle sur son visage aux traits félins, une fine moustache fauve soulignant la sensualité de sa bouche, et des yeux d'une clarté vive. Le second, vêtu d'une large blouse bleu clair, a la peau des joues toute grêlée, un visage caillouteux et une paire d'yeux sombres, enfoncés comme des clous.

Ce second personnage, petit, râblé, ressemble à s'y méprendre à l'une de ces gravures du temps jadis, incarnation soudaine d'un de ces bandits qui pullulaient dans les faubourgs de la ville : ces individus sans morale, sans hygiène, l'âme aussi noire que leurs ongles, nés dans la fange et dans la fange s'accouplant pour engendrer misérablement de nouveaux nuisibles qui prendraient aussi sûrement qu'eux le chemin du crime et de la salissure. Vertu fixe les deux hommes, cherchant à entendre plus distinctement leur conversation et à deviner le lien qui pourrait les unir. Elle s'apprête à entrer de nouveau dans le tunnel, à s'approcher d'eux un peu plus, lorsque le joggeur et son jeune chien passent à toute allure devant elle, la frôlant presque et l'obligeant à un pas de côté. Elle sursaute. Cette fois-ci les deux hommes ont bel et bien disparu. Les jours suivants, malgré l'attente : plus aucune trace.

Mais ils ressurgissent bientôt dans un rêve de Vertu.

Le grand jardin est plongé dans une nuit précoce. Vertu est assise comme à l'accoutumée sur le banc qui lui sert à la fois de refuge et d'observatoire, simplement elle a pris le sac bleu avec elle dans l'intention, peut-être, de le laisser quand elle quittera le parc, ou de l'enfouir. Les deux hommes approchent d'elle, leur silhouette découpée dans l'ombre, comme si c'était l'obscurité elle-même qui venait l'engloutir.

« C'est bien elle, dit le plus petit au plus grand. Attrape-la. » « Je n'ai pas besoin de l'attraper, dit le plus grand, elle va nous suivre. » En effet, Vertu, avec une lenteur somnambulique, se lève, les accompagne. Ils ne la touchent pas. S'ils la touchaient, ce serait une autre histoire, mais ils ne la touchent pas. Le grand en tête, elle au milieu, le petit derrière, cheminant en silence. Elle reconnaît la veste en laine râpée de l'un, et de l'autre les yeux en boutons de bottine. Elle fixe les pieds de l'homme massif, chaussés de godillots. Elle porte le sac bleu sur son épaule gauche, elle ne s'était jamais aperçue qu'il était si lourd, elle revoit l'enfant portant le même sac, sa ville natale plongée dans la lumière, l'après-midi immense et apaisé, elle entend l'écho lointain de la voix de son père, ses rires, son silence. Peut-être s'agissait-il seulement de cela. Depuis le début, expliquant tout, si évident qu'elle n'avait pas compris. Un deuil. Un deuil très ancien, datant de ce moment où elle a appris qu'il ne reviendrait pas. L'homme à la haute stature se dirige vers le tunnel de fausse roche où lui et son comparse ont disparu l'autre jour. Il s'arrête, s'accroupit, soulève sans peine ce qui ressemble à une plaque de bouche d'égout postiche et s'y engouffre en hâte, suivi bientôt de Vertu, aidée du gars râblé qui, tout naturellement, lui a pris la main et l'a retenue alors qu'elle semblait perdre l'équilibre.

Vertu trouve l'échelle, la saisit et descend. C'est un boyau où l'on tient à peine, qui laisse seulement assez de place pour l'échelle métallique et le corps qui s'y accroche ; on n'en voit pas la fin. L'échelle est humide et froide. Quelque chose goutte. Vertu cale le rythme de sa descente sur celui de ses deux compagnons, essayant de chasser de son esprit la pensée de la chute, de la dégringolade. L'humidité n'a rien de fétide. Il règne une odeur minérale et franche. Elle est en train de rejoindre le seul lieu qui lui convienne, pense-t-elle, sous la terre, se perdre sous la terre, se dissoudre sous la terre, à l'abri des regards, dans l'ombre sous la terre, à chaque échelon descendu, elle se répète : « sous la terre », mais comme en contrechant, de loin, elle entend aussi : ne sois pas idiote, Vertu, tu n'es pas en train de disparaître, tu es en train de t'échapper, tu seras vive parmi les spectres, à l'abri des regards, ne pense pas à te détruire encore, Vertu, ce n'est pas toi qu'il faut détruire – et c'est cette voix, d'abord faible, presque indistincte, qui peu à peu enfle, s'affirme, prend le dessus sur l'autre à mesure que Vertu descend, escortée par les deux hommes qui sont venus la chercher mais n'ont pas porté la main sur elle, qu'elle a suivis de son plein gré. Elle pose le pied au sol dans une sorte d'étonnement et marche comme on tangue. Le grand et le petit la regardent avec attention, s'assurant qu'elle ne va pas tomber à présent, après la longue descente. Elle est surprise par la hauteur des voûtes, alors qu'elle s'est préparée à devoir marcher, tête baissée, dans d'étroits goulots. L'espace est vaste, élancé, majestueux et il y a dans toutes ses proportions un équilibre solennel qui rappelle une cathédrale, à laquelle seuls les vitraux manqueraient. Toute la matière autour d'elle est d'une couleur uniforme, cet ocre pâle, qu'éclairent les flambeaux accrochés aux parois du couloir où ils se sont engouffrés. Ils s'arrêtent un instant et Vertu entend, plus loin, des voix animées, des échos. Les deux hommes, face à elle, la contemplent, sans se soucier du sac qu'elle porte toujours sur l'épaule. Le plus grand lui tend une main franche. C'est étrange de sentir cette autre main dans la sienne. Plus étrange encore, la confiance que ces hommes lui accordent, lui inspirent. Elle n'a pas besoin de connaître leurs intentions puisqu'elle sait de quel passé ils se réclament : un jour viendra, ils sortiront de sous la terre pour renverser l'ordre établi. La salle dans laquelle ils arrivent à présent est plus vaste encore, il y a là quelques groupes en discussions intenses, des formes dont les ombres se projettent grandies sur les murs luisants. De l'un des groupes se détache bientôt une nouvelle silhouette, une fille, tête inclinée, qui vient vers eux. Tous, dans cette salle, sont de très jeunes gens. La fille ne peut pas avoir plus de vingt ans, son visage est maigre et sérieux et elle a des yeux de flamme. Elle approche sans un mot, se poste devant Vertu. Le silence se fait tout autour d'elles, et Vertu a ce mouvement qu'elle ne s'explique pas. Elle met un genou à terre. Non seulement pour poser au sol son sac de sport bleu et l'ouvrir, mais aussi pour s'incliner devant la jeunesse et devant la foi, devant l'infinie ferveur, la bravoure. Elle ouvre le sac, le retourne, laisse tomber tout l'argent qu'il contient.

C'en est fini.

À cet instant précis la prend un puissant haut-le-cœur. Une odeur brutale, fétide, lui saute à la figure, l'étourdit, elle regarde autour d'elle et tous ont disparu, les flammes sont éteintes, elle se tient seule dans le tunnel humide, dépouillée, interdite, elle a senti avant même de la voir l'eau boueuse et infecte qui à présent surgit, celle qui charrie de cette ville tous les restes, les déjections, le sang de toute blessure, les chairs défaites des cadavres, l'eau vient vers elle comme une vague immense qui l'emporte…

Au réveil, s'étonner d'être sèche. Et ce goût, cette odeur qui la suit encore quelques heures, puis s'estompe dans la clarté du jour.

Brume

Neige sans conviction. Il fait trop doux, sans doute, pour que cela tienne. Les joggeurs sont toujours là, dans l'air cotonneux, les survêtements sont gris ou noirs, il n'y a pas d'autres couleurs. Ils courent imperturbables en ce matin voilé, certainement ils portent des semelles antidérapantes, leurs corps ne semblent pas fournir d'effort, mais la sueur perle sur leur visage, il sort de leur bouche un petit fumet de brume blanche exactement semblable au fin voile suspendu dans l'air. On pourrait croire qu'ils ont couru la nuit entière, bien avant que le parc n'ouvre, pour de leurs poumons produire ce voile délicat. Bien plus sûrement il y a en eux une inépuisable réserve de brume, c'est là leur seule matière, non plus chair et sang mais cette brume légère, petite houppe dodue qui se dissout dans l'air à peine émise et dont les corps ne sont que l'enveloppe fragile, pas complètement étanche. Il arrive ainsi qu'en place d'une main, d'une nuque, d'un mollet Vertu voie soudain une trouée de brume.

Au royaume des morts, les damnés errent inlassablement, montent des côtes et les redescendent, sautent à petites foulées par-dessus des rivières, pénètrent dans des grottes artificielles et en ressortent sans enchantement. Parfois l'une des âmes défuntes se dissipe complètement, balayée par un grand souffle chaud venu plus profond encore des entrailles de la terre. C'est là tout l'effort qu'on lit sur le visage de ces joggeurs : il faut se concentrer pour demeurer étanche, poursuivre la course, imperturbable, pour rester de ce côté-ci du monde, maintenir l'unité fragile, l'intégrité de l'enveloppe charnelle, ne pas se laisser balayer, éviter de se dissoudre complètement, de se dégonfler soudain de toute la brume qui vous constitue. Vertu ne connaît pas ces inquiétudes. Elle rejoint le café, la chaleur la prend tout entière, ses doigts sont rouges et gourds autour de la tasse fumante. Par la télévision allumée, une voix annonce qu'un nouveau pacte de citoyenneté sera bientôt mis en place, parce que le peuple semble avoir oublié que voter n'est pas seulement un droit ou un devoir, mais aussi un privilège dont il faudra, désormais, se montrer digne. Vertu guette les signes de dissension autour d'elle. Mais on parle seulement de la neige, de la boue. « Quand il neige dans cette ville, c'est toujours le bazar », dit quelqu'un. Elle finit par douter que quiconque à part elle regarde encore cette télévision.

Révélation

Cela ressemble à une convalescence. Avoir perdu, et s'en remettre. Cependant, insidieusement, l'histoire du capitaine Vertu infuse en elle, comme s'il restait quelque chose d'irrésolu qui, depuis ce passé, l'atteint encore. Les épisodes lui reviennent, ils se substituent à ses rêves, en boucle, déformés, Cavalcanti, la photo floue, la démission, le sac. Le sac, surtout, la taraude.

Tous ces événements, les plus absurdes, les plus infimes, mis bout à bout, tout cela fait signe vers une vérité qu'elle n'a pas voulu saisir, mais qui l'empêche de dormir : on a tenté de la compromettre. Dans la nuit, parfois, le sac bruisse, et c'est comme si l'on riait d'elle. Les flux, les transferts, les disparitions, la circulation complexe et tortueuse de l'argent dont elle suivait la trace, tout faisait signe vers quelque chose, une irrégularité majeure, elle en a la certitude.

Une nuit enfin, lasse du sommeil qui ne vient pas, elle passe en revue chaque affaire dans les moindres détails, elle fouille ses souvenirs, convoque tous les chiffres, les noms archivés dans sa mémoire, mais les détails sont inutiles lorsqu'on ignore comment les relier. De quel secret s'est-elle approchée au point d'être une menace ? Et de quelle source sale sera venu l'argent déposé comme par enchantement dans un sac dont le souvenir lui est cher, sur la table de sa cuisine ? Comment ont-ils su ? Serge est-il vraiment mort ? Cavalcanti a-t-il jamais existé ? Plus les questions sont absurdes, plus elles semblent receler un sens inaccessible. Tout se défait. Tout est souillé. La brigade des fraudes, un repaire de fraudeurs.

Elle ne sait rien *précisément*, c'est toute l'ironie, qui ne lui échappe pas d'ailleurs, qui la tenaille, la retient de courir à la brigade pour tirer elle-même les choses au clair. Après tout ce temps ? Elle ne pourra jamais prouver ce qu'elle pressent pourtant, de tout son instinct de flic déchue. Sans doute, si, à l'époque, elle n'avait pas été si obsédée par sa propre histoire, par sa propre honte, elle aurait saisi à temps ce qu'il y avait à saisir.

Elle revoit sa vie entière d'adulte passée à remonter la piste de sommes frauduleuses, sa vie entière comme une chienne à renifler la trace, et la conviction qu'elle avait, lorsque toutes les pistes auraient été suivies, de trouver quelque chose, ou quelqu'un, une explication à tout ce chaos, tout ce trouble, ce monde corrompu, un visage à mettre sur la pourriture du monde. Ce qu'elle a cherché durant toutes ces années était autre chose que ce qu'elle croyait chercher, tout se mélange à nouveau dans son esprit, elle revoit Livio, comme il pose sa main sur sa tête d'enfant, comme il pince ses joues et sourit, elle revoit Blanc aussi, sa manière suintante de la regarder par en dessous, elle voit trop nettement qu'elle est entrée comme on fuit au cœur d'une forêt où personne ne l'attend, qu'elle a cherché toute sa vie la solution d'une énigme qui, au mieux, était derrière elle, le mal n'a pas un seul nom, il est illusoire de vouloir séparer la fraude, la vertu, ses pensées de nouveau l'épuisent et la conduisent au bord d'un gouffre où elle voudrait plonger pour ne jamais se relever, détruire jusqu'à la mémoire de ce qu'elle fut, devenir incapable de dire « je », de dire « nous », mais au bord du gouffre une main la retient par le col, elle a beau se débattre une main la retient, ce n'est pas l'amour de la vie, ce n'est même pas de l'amour, c'est plutôt son entêtement, une énergie d'opposition qui ne trouve aucune forme d'exutoire, qui s'acharne à défier sa tendance la plus naturelle à la perdition. L'agonie est l'autre nom de la lutte, on doit avoir veillé un mort pour savoir qu'elle peut durer longtemps.

Ce sac, il faut s'en délester. Elle le fera, puisqu'il le faut, quitte à disparaître avec lui. Poursuivre, tirer les conclusions qui s'imposent. Il sera parti sans se retourner, son père, et le sac, la dernière attention, ce n'était qu'un leurre, de l'argent sale pour le capitaine Vertu, un piège grossier qu'elle a déjoué sans même le savoir en refusant simplement d'utiliser le moindre de ces billets mauves, durant toutes ces années. Plus elle tourne autour de cette pensée, plus elle parvient à agencer chaque élément de son récit en preuve irréfutable de ce que le sac était seulement destiné à la perdre. Elle y gagne un courage qui lui faisait jusqu'alors défaut. Elle se relève et s'habille, une rage vibre dans chaque geste, elle range son appartement de fond en comble, au milieu de la nuit.

Elle nettoie et récure et tout étincelle dans la lumière électrique. Lorsqu'elle a autour d'elle la pièce rutilante, où elle a effacé toutes ses traces, où ne vit plus personne, elle vide les billets mauves dans un cabas de supermarché, un de ces contenants réutilisables aux slogans imbéciles. Et le reste de ses affaires dans quelques sacs-poubelle qu'elle ira jeter, l'un après l'autre, dans les bacs postés, bec ouvert, sur son trottoir. Elle pose le sac de sport bleu de la marque Adidas à l'endroit précis où Blanc le découvrira, quelques mois plus tard. Au fond du sac, elle laisse un billet, comme une bouteille à la mer, et pour donner à Blanc la possibilité de résoudre une énigme avec laquelle elle ne veut plus rien avoir à faire. Elle prépare aussi l'enveloppe, avec la clé à l'intérieur, qu'elle destine à cet homme en qui elle n'a aucune confiance, mais dont elle sait du moins qu'il ne l'aura pas oubliée.

Elle rassemble le nécessaire pour voyager léger, puis ferme à double tour la porte de l'appartement, emportant ses affaires dans un balluchon et serrant dans son poing l'anse du cabas rempli d'argent.

Le froid mord son visage comme elle quitte l'immeuble. Elle parcourt dans la nuit le chemin familier, celui qui la mène vers le grand jardin. Elle escalade, sans grande difficulté, la grille du parc, elle y rejoint son banc de chaque jour. L'hiver est rude mais elle a, avec elle, un duvet qui la réchauffe assez. Il lui semble que le parc est peuplé, bien qu'elle ne voie personne.

Ce sont peut-être des murmures, des craquements de branches ou de brindilles, des voix ou des grésillements, des souffles, des mots bredouillés, des présences titubantes ou indistinctes. « … vertu vagabonde… », chuchote un arbre, ou le clochard caché derrière, cherchant refuge dans l'air glacé.

Avant de sombrer dans le sommeil, elle revoit, au café, les hochements de tête des gens tout autour d'elle, leur visage doux et apaisé, leur regard empli d'un assentiment satisfait. Comme ils dodelinent, songe-t-elle. Comme ils sourient.

Aurore

L'aube s'est levée sur le jardin. Vertu rouvre les yeux. Dans la nuit, quelqu'un sera passé : l'argent a disparu, c'est un soulagement. Elle a erré si longtemps, si inutilement. À présent, il ne reste d'elle que ce corps transi. Elle persiste. C'est là le propre de la vertu. Persister, quand tout contredit votre existence.

Remerciements

L'écriture de ce livre a pu être amorcée grâce au dispositif CICLIC « Auteurs associés », financé par la Région Centre-Val de Loire et par l'État (Drac Centre-Val de Loire). Mes chaleureux remerciements à Yann Dissez ainsi qu'à Françoise Dupas, aujourd'hui disparue, qui m'avait accueillie au Petit Faucheux.

Une résidence de création de courte durée à La Marelle (Marseille) a également permis l'avancement de ce travail : merci à toute l'équipe du lieu pour son chaleureux accueil.

À PARAÎTRE CHEZ L'OGRE

Amelia Gray

Ogre n°49 – *Isadora* (trad. Nathalie Bru)

Lucien Raphmaj

Ogre n°50 – *Une météorite nommée désir*

DISPONIBLES CHEZ L'OGRE

Max Blecher

Ogre n°1 – *Aventures dans l'irréalité immédiate* suivi de *Cœurs Cicatrisés* (trad. Elena Guritanu, préface de Claro, postface de Hugo Pradelle)

Mathieu Brosseau

Ogre n°5 – *Data Transport*

Jeremie Brugidou

Ogre n° 41 – *Ici, la Béringie*

Gabriela Cabezón Cámara

Ogre n°33 – *Pleines de grâce* (trad. Guillaume Contré)

Ogre n°39 – *Les Aventures de China Iron* (trad. Guillaume Contré)

Ogre n°46 – *Tu as vu le visage de Dieu* suivi de *Romance de la négresse blonde* (trad. Guillaume Contré)

Angela Carter

Ogre n°9 – *Les Machines infernales à désir du Docteur Hoffman* (trad. Maxime Berrée)

Ariadna Castellarnau

Ogre n°22 – *Brûlées* (trad. Guillaume Contré)
Ogre n°47 – *L'Obscurité est un lieu* (trad. Guillaume Contré)

Claro

Ogre n°8 – *Comment rester immobile quand on est en feu*

Fabien Clouette

Ogre n°2 – *Quelques rides*
Ogre n°14 – *Le Bal des ardents*
Ogre n°44 – *Tombant*

Fabien Clouette & Quentin Leclerc

Ogre n°28 – *SPEEDBOAT – Manifeste pour une littérature révolutionnaire et illimitée*

Ricardo Colautti

Ogre n°18 – *La Trilogie Sebastiàn Dun* (trad. Guillaume Contré)

Marie Cosnay

Ogre n°7 – *Cordelia la Guerre*
Ogre n°17 – *Aquerò*
Ogre n°24 – *Épopée*
Ogre n°32 – *If*
Ogre n°38 – *Comète et Perdrix*
Ogre n°43 – *Des îles (Lesbos 2020 – Canaries 2021)*

Lucien Ganiayre

Ogre n°6 – *L'Orage et La Loutre*

Adrien Girault

Ogre n°21 – *Rabot*

Ogre n°35 – *Monde Ouvert*

Amelia Gray

Ogre n°31 – *Menaces* (trad. Théophile Sersiron)

Ogre n°36 – *Cinquante façons de manger son amant* (trad. Nathalie Bru)

Jason Hrivnak

Ogre n°16 – *La Maison des épreuves* (trad. Claro)

Ogre n°26 – *Le Chant de la mutilation* (trad. Claro)

Pasi Ilmari Jääskeläinen

Ogre n°12 – *Lumikko* (trad. Martin Carayol)

Ariane Jousse

Ogre n°29 – *La Fabrique du rouge*

Mike Kleine

Ogre n°27 – *La Ferme des mastodontes* (trad. Quentin Leclerc)

Ogre n°40 – *Le Mont Arafat* (trad. Quentin Leclerc)

Quentin Leclerc

Ogre n°13 – *Saccage*

Ogre n°19 – *La Ville fond*

Ogre n°42 – *Rivage au rapport*

Grégory Le Floch

Ogre n°25 – *Dans la forêt du hameau de Hardt*

Savina Dolores Massa

Ogre n°4 – *Ma Fille folie* (trad. Laurent Lombard)

Maurice Mourier

Ogre n°3 – *Dans la maison qui recule*

Ogre n°11 – *Par une forêt obscure*

Ovide

Ogre n°20 – *Les Métamorphoses* (trad. Marie Cosnay)

Lucien Raphmaj

Ogre n°34 – *Capitale songe*

Éric Richer

Ogre n°23 – *La Rouille*

Ogre n°37 – *Tiger*

Lucie Taïeb

Ogre n°10 – *Safe*

Ogre n°31 – *Les Échappées*

Romain Verger

Ogre n°15 – *Ravive*

Cet ouvrage a été achevé d'imprimer pour le compte des éditions de l'Ogre par l'imprimerie Laballery, à Clamecy, en mai 2022.

Numéro d'impression : 205287